Pierre Loti

Les trois dames de la Kasbah

suivi de

Suleïma

Gallimard

Ces textes sont extraits de *Fleurs d'ennui*.

© *Éditions Gallimard*, 2006.

Julien Viaud naît en janvier 1850 à Rochefort-sur-Mer dans une famille protestante et passe une enfance choyée entre sa mère, sa sœur et ses vieilles tantes en Charente. Jeune homme, il entre à l'École navale à Brest et commence à voyager. Il découvre l'île de Pâques, la Polynésie, l'Afrique, dont il rapportera *Le roman d'un spahi*. Il est ensuite envoyé à Constantinople où il séjourne presque un an et rencontre « Aziyadé ». Cet amour lui inspire le roman éponyme qui paraît en 1879 sans nom d'auteur – ni succès. L'année suivante, il publie *Le mariage de Loti* qui connaît un accueil favorable et lui ouvre les portes du monde littéraire. En 1882, il fait la connaissance d'une jeune Paimpolaise qui refuse de l'épouser pour rester fidèle à son fiancé, un « pêcheur d'Islande ». La même année, il publie *Fleurs d'ennui*, quatre récits parmi lesquels *Les trois dames de la Kasbah* et *Suleïma*. Après avoir dénoncé les massacres de civils auxquels les Français se sont livrés lors de la prise de Hué, Loti fait escale au Japon d'où il rapporte *Madame Chrysanthème*. De retour à Rochefort, il épouse Blanche de Ferrière et publie son plus grand succès, *Pêcheur d'Islande*. Il commence à aménager sa maison : salle turque, chambre arabe, pagode japonaise, salle gothique, et donne de grandes fêtes costumées auxquelles participent de nombreux écrivains et artistes. Son fils Samuel naît en 1889. L'année suivante, Loti se présente à l'Académie française, mais en vain. Il y sera finalement élu en 1891 contre Émile Zola. Affecté à Hendaye, il découvre le Pays basque où il achète une maison qu'il baptise Bakhar-Etchea (la Maison du Solitaire). En 1897, paraît *Ramuntcho*, une histoire d'amour un peu triste. De sa liaison avec une jeune Basque naissent trois fils. Mis à la retraite en 1898, il est réintégré l'année suivante et retourne dans les mers de Chine, puis en Inde, en Perse et en Turquie. De ces nouveaux voyages, il rapporte encore plusieurs livres : *Les derniers jours de Pékin, Vers Ispahan, Les désenchantées*... Lorsque la guerre éclate, il décide de s'engager jusqu'à la fin des hostilités. En 1921, une attaque de paralysie l'oblige à arrêter d'écrire. Il meurt à Hendaye le 10 juin 1923. Son corps est ramené à Rochefort et exposé dans la salle Renaissance de sa maison transformée en chapelle ardente. Après des obsèques nationales, il est enterré sur l'île d'Oléron dans le jardin de la maison de ses aïeules qu'il a rachetée. Quelques semaines après sa mort paraît *Un jeune officier pauvre*.

Écrivain voyageur, amoureux de la beauté de l'écriture comme de celle des femmes, Pierre Loti a laissé une œuvre riche et sensuelle.

Découvrez, lisez ou relisez les livres de Pierre Loti :

AZIYADÉ, suivi de FANTÔME D'ORIENT (Folio n° 2058 et Foliothèque n° 100)

MATELOT (Folio n° 4080)

MON FRÈRE YVES (Folio n° 3076)

PÊCHEUR D'ISLANDE (Folio n° 1982)

RAMUNTCHO (Folio n° 2120)

LE ROMAN D'UN ENFANT, suivi de PRIME JEUNESSE (Folio n° 3280)

LE ROMAN D'UN SPAHI (Folio n° 2393)

LES TROIS DAMES DE LA KASBAH
Conte oriental

I

Au nom d'Allah très clément et très miséricordieux !

Il était une fois trois dames qui demeuraient à Alger, dans la Kasbah.
Et ces trois dames s'appelaient Kadidja, Fatmah et Fizah. – Kadidja était la mère ; Fatmah et Fizah étaient les deux filles.

II

Et ces trois dames s'ennuyaient beaucoup, parce que, tant que durait le jour, elles n'avaient rien à faire. – Quand elles avaient fini de peindre leur visage de blanc et de rose, et leurs grands yeux de noir et de henné, elles restaient assises par terre, dans une petite cour très profonde, où régnaient un silence mystérieux et une fraîcheur souterraine.

Autour de cette cour, une colonnade de marbre blanc soutenait des ogives mauresques ornées de faïences bleues, et, tout en haut, cette construction antique s'ouvrait en carré sur le ciel.

Pour entrer dans la maison de ces trois dames, il n'y avait qu'une seule petite porte, si renforcée et si basse, qu'on eût dit une porte de sépulcre. Elle ne s'ouvrait jamais qu'à demi, en grinçant sur ses vieilles ferrures, et avec un air sournois de chausse-trappe.

Les fenêtres, – sortes de trous irréguliers, grands à peu près comme des chatières, – étaient garnies de lourdes grilles scellées dans la muraille ; c'étaient des judas qui semblaient percés pour des regards furtifs de personnes invisibles et qui ne recevaient aucune lumière du dehors ; – car les maisons centenaires, en se rejoignant par le haut, faisaient voûte au-dessus de la rue déserte, et jetaient sur les pavés des demi-obscurités de catacombes.

Tout était vieux, vieux, dans la maison de ces trois dames, si vieux, que le temps semblait avoir rongé la forme des choses. Les murs n'avaient plus d'angles ; il n'y avait plus de saillies nulle part ; on ne savait plus quelles fleurs de pierre ni quels enroulements d'arabesques les artistes d'autrefois avaient voulu représenter aux chapiteaux des colonnes, aux frises des terrasses : des couches de chaux, amassées depuis des siècles, embrouillaient tout dans des rondeurs vagues. De petites ouvertures se dissimulaient çà et là dans l'épaisseur des murailles, conduisant à des recoins pareils à des oubliettes ; ces ouvertures n'avaient plus forme de porte, tant elles étaient usées par l'âge, et on eût dit de ces creux que font les bêtes pour entrer dans leurs demeures sous la terre. Seulement c'étaient des tanières blanches, toujours blanches : la chaux immaculée les recouvrait comme d'une onctueuse couche de lait, et tout se confondait dans ses blancheurs molles.

Les marches et les dalles paraissaient toutes gondolées, tant les babouches et les pieds nus des femmes y avaient tracé de sillons ; le marbre des colonnes torses avait pris cette teinte jaunie et ce poli particulier que donnent les frôlements des mains humaines quand ils ont duré des siècles – et qui est une des manifestations de la vétusté.

Seules, les fleurs imaginaires peintes sur les carreaux de faïence plaqués aux murs, avaient gardé sous leur vernis, – à travers l'évolution des temps, – leurs fraîches couleurs bleues.

III

Tout cela s'était immobilisé, comme les rues de la vieille Kasbah, sous le ciel de l'Algérie, et les moindres détails des choses ramenaient l'esprit bien loin dans le passé mort, dans les époques ensevelies des anciens jours de l'Islam.

IV

L'air, la lumière, tombaient en longue gerbe, dans cette maison murée, par le grand carré béant de la cour intérieure. Rien n'y venait de la rue, rien des maisons voisines ; on communiquait directement avec la voûte du ciel ; – avec ce ciel de l'Algérie, quelquefois sombre les jours d'hiver, quelquefois terni par le soleil les jours d'été, quand soufflait le sirocco du Sahara, – mais le plus souvent bleu, d'un bleu limpide et admirable.

C'était bien cette solitude de cloître, qui caractérise les demeures arabes, et révèle à elle seule tous les soupçons jaloux, toutes les surveillances farouches de la vie musulmane.

V

Le soleil tombait d'en haut, glissant le long de toute cette blancheur des murs, s'éteignant par degrés, pour arriver, en lueur douce et diffuse, en bas, où la chaux mêlée d'indigo avait un rayonnement bleu. C'était comme une lumière azurée de feu de Bengale ou d'apothéose, qui tombait sur le sommeil des trois dames assises. Et, ainsi éclairées, tout le jour elles poursuivaient dans le silence leurs rêves indécis, aussi ténus que les fumées du kif.

En se cambrant comme des almées, elles appuyaient leurs têtes contre le marbre des colonnes, et relevaient au-dessus leurs beaux bras nus, ornés de bracelets d'argent, de corail et de turquoises. Le fauve de leurs bras ronds contrastait avec le rose artificiel et la pâleur peinte de leurs visages ; elles avaient l'air de figures de cire ayant un corps d'ambre ; leurs grands yeux, tout noyés dans du noir, se tenaient baissés avec une expression mystique. Leurs vestes et leurs babouches étaient dorées ; elles étaient toutes brillantes de vieux bijoux très lourds qui faisaient du bruit quand elles levaient leurs bras ; elles avaient au front des ferronnières d'argent.

VI

Dans cette pénombre bleue, elles semblaient des êtres chimériques, des prêtresses accroupies dans un temple, des courtisanes sacrées dans un sanctuaire de Baal.

Ces trois femmes qui vivaient là, enfermées dans ces murs, bien haut dans la Kasbah, au milieu du vieux quartier mahométan, loin de l'Alger profané et souillé qu'habitent, près de la mer, les Roumi infidèles, paraissaient avoir conservé le mystère et l'inviolable des musulmanes d'autrefois.

VII

Tout le jour ces trois dames s'ennuyaient dans leur vieille prison blanche.

Elles étaient peu parleuses. À peine échangeaient-elles, d'un air nonchalant, quelques réflexions brèves. Deux ou trois sons gutturaux, – âpres comme le vent de la nuit au désert, – sortaient de leurs lèvres rouges ; et puis c'était fini, et, pendant plusieurs heures, elles ne disaient plus rien.

VIII

Parfois elles s'occupaient à presser des roses ou des fleurs d'oranger, pour composer des parfums. Elles fumaient aussi des narguilés, ou s'exerçaient à chanter, en jouant du tambour de basque et en battant de la derbouka.

Elles étaient comme plongées dans une tristesse immense, dans un écœurement d'abruties, filles d'une race condamnée, subissant des choses fatales avec une résignation morne.

IX

Les soirs d'été, au coucher du soleil, il leur arrivait de monter sur leur toit, qui était en terrasse, à la mauresque. Alors elles échangeaient le bonsoir avec d'autres femmes, qui vivaient comme elles, et qui étaient perchées sur le haut des vieux murs, dardant leurs yeux noirs sur la Kasbah, comme les cigognes des ruines.

Elles voyaient de là toute une série monotone de terrasses blanches, et puis deux choses qui se dressaient tout près d'elles dans le vaste ciel lumineux : l'antique mosquée de Sidi-Abderhaman, avec ses carreaux de faïence verte et jaune aux nuances crues, tranchant sur la chaux sans tache, – et à côté, la silhouette raide d'un palmier. Au loin, c'était la Méditerranée, unie comme une grande nappe d'azur, et, dans la direction de Sidi-Ferruch, un plan de montagnes rouges, sur lesquelles des champs d'aloès marquaient des marbrures bleuâtres.

X

Il y avait bien des années, le mari de Kadidja, Cheikh-ben-Abdallah, avait été tué dans une insurrection contre les Français, et Fizah et Fatmah-ben-Cheikh étaient orphelines.

Malgré les bijoux anciens qui les couvraient, débris des richesses de leurs mères, il était aisé de voir que maintenant elles étaient pauvres.

XI

Six matelots qui se donnaient le bras circulaient un soir dans la ville d'Alger.

Ils étaient tellement gris, que la rue Bâb-Azoun ne semblait plus assez large pour leur donner passage, et, en marchant de travers, ils chantaient une monotone chanson de bord qui n'avait ni rime ni raison :

>*Joli baleinier, veux-tu naviguer ?*
>*Joli baleinier,*
>*Joli baleinier.*

XII

Leur navire était venu le jour même mouiller dans le port, et, en arrivant, ils avaient touché leur solde de six mois.

Ils l'avaient dépensée, et, le soir, leurs poches étaient à peu près vides.

D'abord ils avaient loué deux voitures pour se montrer, avec des roses à leurs boutonnières, dans les quartiers neufs qu'ont bâtis les chrétiens. Ensuite ils s'étaient attablés dans tous les cabarets, buvant partout des choses très chères et ne regardant point à la dépense.

Ils avaient fait tous les genres de bêtises et d'enfantillages, attrapé des chats, cassé des verres, embrassé des chiens ; aux portes de toutes les maisons à boire, ils avaient provoqué des attroupements ébahis ; on les avait vus partout, menant un vacarme d'enfer, volés de plus en plus à mesure qu'ils étaient plus gris, frappant sur le ventre creux des Arabes, qui les regardaient d'un air grave, ou les tirant par leur capuchon : des cervelles d'enfants de huit ou dix ans, gouvernant des corps d'hommes.

Ils avaient distribué des pièces blanches à une foule de petits êtres éhontés et dépenaillés, sales de figure et d'instincts, qui s'étaient attachés à eux comme à une proie, leur servant le feu pour leurs cigares, ou faisant reluire leurs souliers avec des brosses volées. Ils avaient donné une *raclée* terrible à un Juif qui leur avait offert ses deux toutes petites filles, et puis un louis à un autre, qui les avait menés dans un lupanar où des femmes maltaises avaient continué de les dépouiller.

XIII

Leur ivresse n'était pas bien repoussante, parce qu'ils étaient sains et jeunes. Ils s'en allaient tout débraillés, avec de bonnes figures rondes qui prenaient des expressions drôles... Ils faisaient part aux passants de leurs réflexions, qui étaient inouïes.

Ils avaient beaucoup circulé par la ville, et ne savaient pas trop où ils se rendaient pour le moment.

XIV

La nuit venait. C'était un dimanche de mai, et l'air était chaud. Dans les grandes rues droites que les chrétiens ont percées (afin qu'Alger devînt pareille à leurs villes d'Europe), toutes sortes de monde s'agitaient : des Français, des Arabes, des Juifs, des Italiens ; des Juives au corsage doré, des Mauresques en voile blanc ; des Bédouins en burnous, des spahis, des zouaves ; des Anglais poitrinaires portant des casques de liège noués d'une serviette blanche ; et toute la foule endimanchée des boutiquiers, qui est la même dans tous les pays : des hommes coiffés d'un cylindre noir ; des femmes avec beaucoup de grosses fleurs fausses, sur des têtes communes ; et puis, des chevaux, des voitures, du monde, du monde, du monde à pied, et du monde à cheval, et des Bédouins, et des Bédouins.

Chez les marchands, les mille petites flammes rouges du gaz s'allumaient, faisant papilloter aux yeux des passants des entassements et des fouillis d'objets. À côté des magasins à grandes glaces où se vendaient des choses venues de Paris, s'ouvraient les cafés maures, où des gens en burnous fumaient tranquillement le chibouque assis sur des divans, en écoutant des histoires d'un autre monde, qu'un conteur noir leur faisait.

Les cabarets regorgeaient : de grandes tavernes profondes, avec des tonneaux alignés, où des matelots du commerce, des Maltais à grand feutre rabattu, gens prompts à jouer du couteau, buvaient avec des filles brunes.

De toutes les échoppes sortaient des bouffées chaudes ; les cabarets envoyaient des odeurs d'anis, d'absinthe et d'eau-de-vie ; les hommes en burnous sentaient le Bédouin, ils laissaient dans l'air des fumées du tabac d'Algérie, des parfums d'Afrique... Et les bains maures exhalaient leurs odeurs de sueur et d'eau chaude. – Et toute cette ville suait l'immoralité, la débauche, l'ivrognerie de son dimanche.

Gâchis de deux ou trois peuples qui mêlaient leurs luxures. Alger avait le débraillement cynique des lieux qui ont perdu leur nationalité pour se prostituer, s'ouvrir à tous.

Et sur tout cela, en haut, le ciel était bleu, et sur cette Babel, des alignements de belles maisons régulières jetaient comme une impression d'un Paris très chaud, qui était étrange.

Les six matelots marchaient toujours, bousculant la foule ; ils allaient devant eux, chantant les mille couplets de leur chanson :

Joli baleinier, veux-tu naviguer ?
Joli baleinier,
Joli baleinier.

XV

La nuit était venue. Ils prirent au hasard une rue tortueuse qui montait, et une sensation de sombre et d'inattendu tout à coup les saisit. Ils étaient dans la vieille ville arabe, et brusquement autour d'eux tout venait de changer.

On n'entendait plus rien, et il faisait noir. Le bruit de leurs voix les gênait au milieu de ce silence, et leur chanson mourut dans un saisissement de peur.

Leur gaîté s'était glacée, et ils regardaient. Ils touchaient aussi, comme pour les vérifier, ces vieux murs, ces vieilles petites portes bardées de fer, les deux parois si rapprochées de cette rue, qui se resserraient encore par le haut sur leurs têtes, comme pour les presser dans un piège ; et puis ils tâtaient ces grands hommes drapés de blanc, qu'on n'entendait pas marcher avec leur babouches, et qui se plaquaient aux murailles, sans rien dire, pour les laisser passer.

À travers leur ignorance et les fumées de leur ivresse, ils voyaient tout cela trouble. Alors ils se croyaient tombés dans le pays des légendes et des fantômes, et ils cherchaient à ressaisir leurs idées, se demandant comment cela leur était arrivé.

XVI

Pour tout de bon la peur les prit, et ils dirent : « Où allons-nous nous perdre ? Tâchons de retourner sur nos pas. »

Ils essayèrent de revenir en arrière. Mais on ne sort pas facilement des rues de la Kasbah, quand on y est entré pour la première fois étant gris, et ils se trompèrent de route.

Alors ils se mirent à errer à la file, dans ce labyrinthe où ils étaient venus se perdre.

Ils n'avaient plus peur, seulement ils s'ennuyaient ; après s'être tant amusés, cette journée finissait mal.

Ils reprenaient en sourdine la chanson du *Joli baleinier*, ou bien ils se mettaient tous ensemble à pousser des cris pour se distraire.

Et les petites rues montaient, descendaient, avec des pentes aussi raides que des glissières, avec des échelons ardus, des grimpades de chèvres ; elles se contournaient, se croisaient, s'enchevêtraient, comme dans un cauchemar dont on ne peut sortir. Étroites, étroites, toujours, tellement qu'ils marchaient tous les six en se tenant, à la queue leu leu, par le dos.

Souvent elles étaient voûtées, ces petites rues, alors il y faisait plus noir que chez le diable ; ou bien de temps en temps on apercevait en haut une trouée claire, un coin de ciel avec des étoiles.

Il vous arrivait des odeurs de moisissure et de bête pourrie, ou bien des parfums suaves d'orangers en fleur.

XVII

Joli baleinier, veux-tu naviguer ?
Joli baleinier,
Joli baleinier.

Dans la bande, il y avait trois Basques et trois Bretons.

Les trois Basques étaient canonniers.

Les trois Bretons étaient gabiers.

C'était d'abord 216, Kerboul, gabier de misaine. Et puis 315, Le Hello, gabier de beaupré. Le troisième, c'était 118, mon frère Yvon, chef de grande hune, qui avait alors dix-huit ans : le plus grave des six, et les dominant déjà de toute sa carrure celtique.

XVIII

Les bruits de cette journée de dimanche n'étaient pas montés jusqu'aux trois dames de la Kasbah. Derrière leurs murs et leurs grilles de fer, elles avaient gardé leur tranquillité de momies.

À la même heure que de coutume, elles s'étaient levées, et l'inexorable ennui avait, comme chaque jour, présidé à leur réveil.

Le soleil plongeait déjà, en long triangle de lumière, dans leur cour profonde, lorsqu'elles avaient ouvert leurs yeux. Elles sortaient des pays enchantés où les fumées de l'ambre et du kif, les parfums de certaines fleurs ont le pouvoir de conduire, durant les belles nuits de printemps, les filles cloîtrées des harems. Elles avaient vu la Mecque, et le voile vert de la Sainte-Kasbah, sur lequel le Coran tout entier était brodé en lettres d'argent par la main des anges. Elles avaient vu Stamboul, – et les jardins du Grand Seigneur, où des groupes de femmes qui étaient couvertes de pierreries et qui avaient chacune trois grands yeux dansaient dans des vapeurs d'ambre gris, sous les cyprès noirs. Elles avaient vu Borak, le cheval volant à visage de femme sur lequel voyage le Prophète, passer sans bruit avec ses grandes ailes, dans un ciel rose d'une profondeur infinie, où des zodiaques mystérieux s'entre-croisaient dans le vertige des lointains, comme de grands arcs d'or.

XIX

À l'évanouissement de leurs rêves, elles avaient promené autour d'elles, en tordant leurs bras, leurs grands yeux mal éveillés, et n'avaient plus trouvé ni palais, ni jardins, ni zodiaques d'or. Plus rien que la chaux de leurs murs, les vieilles fleurs de leurs carreaux de faïence, les vieilles dalles usées de leur cour, la nudité pauvre et l'éternelle blancheur de leur logis.

Elles avaient dormi par terre, tout habillées, sur des coussins, suivant l'usage oriental. Aussi n'eurent-elles qu'à se soulever, en écartant leurs couvertures algériennes, pour se trouver toutes prêtes à recommencer une fastidieuse journée.

Cette mère et ces filles ne s'étaient pas adressé même un sourire, en se revoyant après le non-être de la nuit ; elles avaient détourné leurs regards les unes des autres avec une sorte de honte, comme des femmes garderaient entre elles le secret et la souillure d'un crime.

Fatmah, la plus jeune des deux sœurs, estimant l'heure d'après le soleil, marcha jusqu'à la petite porte sépulcrale qui donnait au-dehors, et, appuyée paresseusement au mur, elle se mit à frapper, avec une régularité automatique, de petits coups de poing contre le bois vermoulu.

Cela voulait dire : « Boulanger, quand tu passeras, arrête-toi pour nous donner du pain. »

C'était en effet le moment où, aux portes des maisons de la Kasbah, on entendait partout des coups pareils, frappés en dedans par des femmes qu'on ne voyait pas, et signifiant la même chose (la convenance voulant que les dames musulmanes ne se montrent point pour faire dans la rue ces achats de provisions).

Le boulanger vint et, par un judas grillé qu'on lui ouvrit, fit passer un pain en échange d'une pièce de monnaie.

XX

Les trois dames le partagèrent pour leur repas, et mangèrent après, du bout des lèvres, quelques morceaux d'une pâte douce, faite de figues et de dattes recuites au soleil. Ensuite elles prirent, dans de toutes petites tasses, du café plus épais que du mortier à bâtir, – et s'arrangèrent sur des nattes pour la sieste de midi.

XXI

Comme de coutume, elles étaient montées sur leur maison pour respirer l'air du soir.

Mais les dernières lueurs rouges du couchant mouraient à peine sur les blancheurs de la ville arabe, quand Lalla-Kadidja fit à ses filles un commandement bref, et toutes trois descendirent.

Elles prirent une peinture noire, et entourèrent leurs yeux d'un cercle épais, en les agrandissant démesurément vers les tempes. Ensuite elles versèrent des parfums sur leurs cheveux et leurs mains, elles mirent des vestes de soie brochée d'or, et se couvrirent de bijoux.

Ce dimanche des chrétiens, jour de fête et d'orgie dans la ville basse, pour les marins, les soldats et les marchands venus de France, ne pouvait avoir rien de commun avec leur vie cloîtrée. – Alors pour quels époux attendus, ces parures ? – ou pour quelle solennité mystérieuse ?...

La belle nuit de mai qui descendit ce soir-là sur Alger les trouva vêtues comme des almées, avec la recherche et l'apparat des anciens jours.

XXII

Joli baleinier, veux-tu naviguer ?
Joli baleinier,
Joli baleinier.

Ils allaient toujours, au hasard des rues biscornues qui serpentaient devant eux.

Ils avaient traversé des quartiers extraordinaires, tout illuminés de lanternes et de girandoles en papier, tout remplis de Bédouins et de burnous ; – il y avait autour d'eux par instants du bruit et des cris, – un brouhaha de voix gutturales et profondes, – des conversations dans une langue grave, coupée d'aspirations dures. – Au passage, on leur jetait des imprécations ou des moqueries.

Dans des espèces de bazars, – entrevus vaguement, – on vendait des choses sans usage connu : des loques poudreuses de soie et d'or, pêle-mêle avec des chapelets d'oignons enfilés ; et puis des courges, des oranges ; des légumes avec de vieilles babouches, et des poissons secs, à côté de paquets de fleurs d'oranger qui embaumaient.

Il y avait des échoppes comme des tanières, au fond desquelles des marchands au teint de momie, accroupis, emmaillotés dans des burnous sordides, semblaient des spectres au guet. – Des trous, en manière de porte, s'ouvraient sur des bouges pleins d'objets qui papillotaient devant leur vue trouble ; on y faisait la barbe à des gens, avec des rasoirs énormes, – à côté d'autres qui prenaient du café, ou qui chantaient, la bouche grande ouverte, en jouant du tambour.

Quelquefois c'étaient là-dedans des musiques assourdissantes : des grosses caisses frappées à tour de bras par des hommes en sueur, des fifres criards dans lesquels on soufflait à les rompre, – des hurlements d'enragés. – Et, de temps en temps, menés par une petite flûte – qui filait des sons doux, doux, et des mélodies plaintives, – des hommes dansaient ensemble, avec une rose piquée sur l'oreille, en prenant des poses gracieuses et lascives de bayadères.

Et des femmes, tout enveloppées de soie blanche, passaient avec un semblant de timidité et de pudeur qui se cache ; on ne voyait d'elles qu'une forme neigeuse et voilée, ayant deux grands yeux peints, admirables.

Au milieu de tout cela, je ne sais quelle chaleur irritante ; et puis des senteurs spéciales à l'Algérie, des exhalaisons de corps humains et de détritus organiques surchauffés au soleil, – avec des odeurs d'épices, et d'aromates, et de musc, et de fleurs.

Il ne s'étonnaient plus de repasser dix fois de suite, et encore, et toujours, par les mêmes endroits, comme dans les labyrinthes. – Ils prenaient seulement garde de ne pas se séparer, ce qui est la dernière lueur de raison des hommes ivres, et choisissaient de préférence les rues hautes, aimant mieux monter que descendre, de peur de tomber.

XXIII

Et puis ils retrouvèrent le silence et l'obscurité.

En montant encore, ils étaient arrivés maintenant au point le plus élevé de la ville arabe, dans le quartier d'Alger qui est, la nuit, le plus sombre et le plus solitaire.

C'était noir, noir, ces rues étroites et voûtées. Les murs étaient si vieux, qu'ils étaient usés. – Les étages montaient en débordant les uns sur les autres, et les deux côtés de la rue se touchaient, s'étayaient par le haut, soutenus par des rangées de grands jambages de bois tout enchevêtrés. On avait accumulé là-dessus tant de couches de chaux, que toutes ces choses blanchies étaient soudées entre elles et en avaient perdu leurs formes, comme mortes de vétusté.

Les portes, rares, se renfonçaient bien bas, comme pour se cacher, et dans ces grands pans de murs, qui s'en allaient de travers avec des airs caducs, il n'y avait jamais de fenêtres ; si, par hasard, on avait été obligé d'y percer une ouverture, on l'avait faite toute petite, et entourée d'une cage de fer.

Cela semblait mystérieux et impénétrable.

Leurs pas mal assurés butaient contre de vieilles marches de pierre, toutes bossuées et informes, et il y avait de distance en distance de blanches traînées de lune, qui ressemblaient à des linceuls.

Le silence de nouveau les gênait, et l'inquiétude de cette ville les avait repris...

XXIV

Tout à coup, en haut d'un de ces grands murs qui bordaient la rue morte, un trou, aussi irrégulier que la percée d'un boulet, s'illumina d'une lueur rosée, et une tête de femme y apparut comme une vision.

Elle était éclairée en plein, sans doute par quelque flambeau placé tout près d'elle à l'intérieur, et sa figure resplendissait, toute lumineuse au milieu de la nuit.

XXV

C'était Fatmah qui avait entendu leurs chants, et regardait de là-haut quels étaient ces passants nocturnes.

Elle était si bien peinte que ses joues rondes et lisses avaient l'éclat des poupées de cire. Ses yeux ombrés étaient plus grands que nature. Entre ses longs cils noirs, on voyait ses prunelles remuer sur de l'émail blanc, et elle souriait à demi, le regard baissé vers les hommes ivres.

Ses cheveux étaient pris dans un petit turban en gaze d'or, et sur son front retombait une couronne de sequins d'argent séparés par des perles de corail. Une quantité d'anneaux lourds et magnifiques étaient passés à ses oreilles, et plusieurs rangs de fleurs d'oranger, enfilées avec d'autres fleurs rouges, pendaient de sa coiffure sur les plaques de métal qui ornaient son cou.

Son visage était juste encadré dans le trou. On ne voyait pas plus bas que ses colliers, et elle avait l'air d'une tête sans corps. Elle avait le charme d'une chose pas naturelle qui aurait pris vie...

XXVI

Ils s'étaient arrêtés, saisis et craintifs devant cette apparition.

Elle, les regardant avec un nouveau sourire, entr'ouvrit ses lèvres, montra ses dents brillantes, et fit : « Pst ! pst !... »
....

XXVII

Ils ne voulaient pas, les trois Bretons, ils avaient peur. Cette femme parée comme une idole dans ce lieu triste leur inspirait une crainte superstitieuse... Et puis aussi elle ressemblait à la Vierge de quelque chapelle bretonne, adorée dans leur enfance, restée gravée dans leur imagination naïve de pauvres mousses, avec une parure d'un luxe aussi sauvage, et une coiffure semblable, faite d'argent et d'or.

Mais les trois Basques étaient plus entreprenants ; ils se sentaient en humeur de bonne fortune. Elsagarray, cherchant par où on pouvait bien entrer dans la demeure de cette belle, finit par découvrir la petite porte basse qui se dissimulait dans le retrait du mur, et se mit à frapper.

Le judas s'entr'ouvrit, et la tête charmante y reparut, à deux pas d'eux, éclairée par une lampe de cuivre.

XXVIII

Garçon sceptique par nature, et habitué aux manières des femmes perdues, Elsagarray le canonnier eut l'imprudente idée, pour se faire ouvrir, de montrer une pièce blanche qui par hasard lui restait.

XXIX

Macache (jamais) ! fit la jolie tête sans corps, en claquant de la langue d'un air dédaigneux et désappointé.

En effet, ce n'était pas son tarif.

Et, passant par le judas ses petites mains aux ongles teints en rouge, elle indiqua en comptant sur ses doigts qu'il lui en fallait cinq fois plus.

XXX

Les trois Bretons avaient bon cœur :

« Tiens, dit Yvon, je te les donne ! » et il mit dans la main d'Elsagarray le reste de sa bourse ; la somme exigée se trouva complète.

Kerboul et Le Hello, réunissant tout leur avoir, voulurent le donner aussi à Guiaberry, pour Fizah qui venait de paraître. Le marché rapide fut conclu pour les deux sœurs, et les deux Basques passèrent en se baissant par la petite porte sinistre.

Barazère restait, qui voulait entrer aussi, pour les grands yeux mornes de Lalla-Kadidja la mère. Il avait aperçu derrière Fatmah ce lourd regard noir.

Il n'avait plus rien, lui, et les trois Mauresques inquiètes allaient s'unir pour essayer de le chasser dehors.

Mais, à ce moment, Lalla-Kadidja sentit qu'elle était vieille, et, remarquant que Barazère était beau et qu'il était ivre, elle le prit par le bras avec un sourire cynique, pour l'entraîner auprès d'elle…

La porte lestement retomba sur ses charnières massives, et fut, en un tour de main, verrouillée par de grandes barres de fer.

De profundis !… Les trois qui restaient dehors se regardèrent, essayant encore une fois de démêler leurs idées, et puis s'assirent par terre, sur les pavés, pour attendre…

XXXI

Ils voulaient rester là, comprenant encore qu'il ne faut pas se séparer dans un lieu pareil. Ils auguraient mal de cette maison qui venait de se refermer sur leurs compagnons de bord.

Si un Breton y fût entré, ils l'eussent attendu jusqu'au matin. Par tous pays, entre matelots qui courent bordée la nuit, ce lien résiste le dernier à l'égarement des plus ivres : on ne se quitte pas entre enfants d'un même village ou d'un même pays.

Mais ces canonniers après tout étaient des Basques, et, le matin, ils les connaissaient à peine. Ils les attendirent longtemps, et puis les oublièrent. Et l'un d'eux s'étant levé, ils se remirent à marcher.

XXXII

À trois voix ils avaient repris la chanson du *Joli baleinier*, et s'en allaient devant eux.

C'étaient toujours les mêmes petites rues, ils les reconnaissaient bien ; mais maintenant une foule d'apparitions pareilles à celle de Fatmah se montraient sur leur passage. – À tout instant, dans un mur teint de chaux blanche, on voyait s'éclairer un petit trou par lequel souriait une tête peinte, qui était couverte d'argent, de corail, et de fleurs d'oranger enfilées.

Quelquefois une porte s'ouvrait. À l'intérieur, des femmes qui avaient des voix très douces chantaient : « Dani dann, dani dann », en frappant des mains, devant un réchaud de cuivre d'où sortait une fumée d'encens. On les voyait, groupées sous quelque antique colonnade de marbre d'une forme exquise ; elles avaient des vestes de soie et d'or, des pantalons à mille plis, et des petites babouches de perles ; leurs costumes étaient composés de ces couleurs suaves, extraordinaires et sans nom qu'affectionnent les fées.

« Dani dann, dani dann... », dans les petites rues qui semblaient les restes d'une ville morte, dans les maisons rongées de vétusté, près de tomber en poussière, tout cela avait je ne sais quel air d'enchantement et de « Mille et Une Nuits ». – Elles souriaient, les invitant à entrer ; et eux s'arrêtaient devant elles, charmés mais n'osant pas.

Il y en avait de toutes sortes, de ces femmes, et plus l'heure s'avançait, plus les vieilles portes s'ouvraient.

Des Mauresques toutes roses, à demi cachées sous des voiles de gaze de soie blanche. Des Juives pâles, aux sourcils minces, au corsage de velours. D'autres qui, pour se prostituer, étaient venues de deux cents lieues dans l'intérieur, des oasis lointaines, et qui avaient d'étranges figures du désert ; – immobiles à leur porte, elles se tenaient les yeux baissés, la voix rauque, avec de hautes coiffures tout en plaques de métal, et des bijoux barbares.

Même il y avait des négresses d'un type rare et d'une laideur très surprenante. Enveloppées de la tête aux pieds dans des cotonnades bleues à carreaux, elles étaient les plus entreprenantes, et, en allongeant de grandes pattes noires, elles les tiraient par leur manche pour les faire entrer. Eux les regardaient sous le nez, éclataient de rire, et passaient leur chemin.

Ils commençaient à comprendre maintenant, les trois Bretons, dans quel lieu ils étaient tombés…

Et, quand ils voyaient sortir de quelque vieux palais musulman une jolie créature avec de grands yeux artificiels, tout étincelante dans l'obscurité, comme une péri, – ils s'approchaient pour la toucher. De près, le plus souvent elle était fanée, ses broderies d'or étaient défraîchies, ses bijoux n'étaient plus que du clinquant, simulant les vrais qu'elle avait vendus à des Juifs. Alors Kerboul offrait par dérision des sous qui lui restaient, la fille lui jetait en français quelque injure ignoble qu'elle avait apprise d'un zouave, et refermait sa porte.

D'ailleurs la retraite était battue, en bas, dans la ville française ; les soldats et les spahis, qui ont leurs casernes tout en haut, passaient pour rentrer à l'appel. Ils en croisaient des bandes, qui montaient bras dessus, bras dessous, comme chez eux, chantant à tue-tête l'*Artilleur de Metz*, ou quelque chanson d'estaminet, sous les arcades mauresques. L'antique Kasbah, où jadis on eût massacré l'imprudent giaour, était pleine de braillements d'ivrognes.

XXXIII

Cependant il se faisait tard. Ils étaient fatigués et ils avaient soif.

Peu à peu les boutiques de barbiers où on faisait de la musique, les cafés maures où on dansait, s'étaient fermés. Même les portes des filles ne s'ouvraient plus. L'heure de la grande prostitution du dimanche soir était passée. La ville arabe retombait dans le silence et la nuit noire.

Ils auraient voulu entrer quelque part, pour boire encore et dormir. Mais, à eux trois, ils n'avaient plus que les sous de Kerboul.

Et puis Yvon s'inquiétait de deux tout petits chats qu'il avait volés par affection, et qui se plaignaient dans sa chemise de matelot, où il les avait logés pour qu'ils eussent plus chaud.

Ils descendaient maintenant une longue rue déserte. Ils y trouvèrent une porte de marbre, toute sculptée de fleurs très anciennes, d'inscriptions arabes et de dessins mystérieux. Elle donnait dans un couloir de faïence aux mille couleurs ; une lampe y était suspendue, qui jetait une lueur au-dehors sur les pavés.

Des gens qui avaient mauvaise mine y entraient furtivement. Ils entrèrent aussi pour voir.

C'était un bain maure mal famé. Les baigneurs étaient partis, et des hommes sans gîte, métis indéfinissables, éclos au hasard du vice, venaient coucher pour deux sous sur les nattes pleines de vermine qui avaient servi au massage.

Ils passèrent devant ce peuple étendu qui s'endormait ; puis ils arrivèrent à des étuves profondes qui avaient de grands dômes et qui suintaient comme des cavernes. On y voyait à peine, dans une buée chaude qui embrouillait l'obscurité ; l'air humide y avait une pesanteur étrange ; – et un homme jaune, nu sur du marbre comme un cadavre, chantait avec une voix de fausset un air lugubre à faire peur.

Ils jugèrent ce lieu immonde, et sortirent.

XXXIV

Longtemps encore ils marchèrent sans plus rien voir.

Et puis ils entendirent un grand bruit qui partait d'une maison fermée : une musique d'enfer, et des cris et des rires.

Ils écoutèrent. On parlait français là-dedans, – et même on parlait breton !...

Ils frappèrent. – On n'ouvrit pas.

Alors ils enfoncèrent la porte à coups d'épaule. – On les accueillit à bras ouverts.

Un bouge à moitié arabe. Quatre nègres tout nus jouant des castagnettes de cuivre et battant du tambour, sur un rythme nubien.

Et, au son de cet orchestre, une dizaine de couples de zouaves et de matelots dansaient entre eux, en se tenant par la taille, gravement ; – des zouaves qui avaient mis des chemises de matelot, des matelots qui avaient mis des bonnets de zouave.

Et, quand les quatre nègres exténués faisaient mine de s'arrêter, les danseurs leur montraient le poing, et ils continuaient, enrageant de leur impuissance…

Alors ils voulurent, eux aussi, habiller un zouave, pour en faire un frère. Un grand blond s'y prêta de bonne grâce, et chacun des trois Bretons lui donna pour le transformer une pièce de son costume.

Ensuite ils sortirent ensemble, sur le minuit, après avoir bu, sans le payer, un litre d'une eau-de-vie poivrée qui brûlait comme du feu.

Ils étaient quatre maintenant, avec cette recrue nouvelle, et ils recommencèrent à errer, plus ivres que jamais…

XXXV

Une heure du matin. — Ils se retrouvaient, sans savoir comment, tout en haut de la Kasbah. Ils étaient assis sur des rochers, à l'entrée d'un bois d'eucalyptus, dont une bouffée de vent agitait de temps à autre les feuilles légères.

Au-dessous d'eux la ville arabe, et plus bas la ville chrétienne, s'étaient endormies ; les derniers cris, les derniers chants d'orgie venaient de finir. L'antique Kasbah, protégée par la majesté et les pudeurs de la nuit, redevenait elle-même et se recueillait dans le passé.

On voyait des entrées de rues centenaires, qui descendaient se perdre dans des profondeurs noires. La lune éclairait avec une pâleur sereine des groupes de constructions mauresques, restées malgré leur grand âge d'une blancheur mystérieuse, et qui semblaient des habitations enchantées. Au loin s'étendait la mer gris-perle, avec des feux de navires.

Toutes les exhalaisons humaines étaient tombées, avec les odeurs d'épices, de maisons à boire et de prostituées. Il n'y avait plus que le parfum suave des orangers, avec je ne sais quelle autre senteur fraîche et saine, qui montait de la campagne comme un rajeunissement.

L'air avait ce calme tiède et cette transparence des nuits de l'Algérie ; un souffle de vent, qui se soulevait à intervalles réguliers comme la respiration des choses, faisait remuer derrière eux les feuillages du bois.

Un apaisement se faisait aussi dans leur tête ; ils songeaient à toutes ces femmes entrevues dans les vieilles maisons aux murailles de faïence, qui chantaient « Dani dann » en battant des mains avec un bruit de bagues et de bracelets. Ils songeaient aussi à leurs trois compagnons basques, qu'ils avaient abandonnés au milieu d'elles ; ils se demandaient s'il ne serait pas possible en cherchant bien, de retrouver cette porte et de retourner à leur secours...

Yves, lui, se rappelait la Bretagne, les grandes falaises de granit où souffle le vent humide de l'Océan, et les brumes grises se traînant comme de longs voiles sur l'immensité de la mer houleuse, et les grands paysages mornes du pays celtique. Tout cela, vu de l'Algérie, était pâle comme une vision maladive, suave et triste comme une poésie du Nord. Et puis il revoyait le pays de Léon ; la lande plate et fleurie, toute jaune d'ajoncs en fleur ; et le *clocher à jour* se dressant dans la plaine, sur le fond terne et mélancolique du ciel breton...

Une lueur lui revenait de sa claire intelligence. Il avait honte, il ne voulait plus être ivre, et il passait ses mains sur son front, comme pour enlever de devant ses yeux le voile pesant de l'alcool.

XXXVI

À ce moment on entendit rouler une voiture, qui remontait de la ville.

Elle se rapprochait et passa près d'eux. C'était une espèce de char à bras, un grand coffre noir comme pour recéler des cadavres ; il était traîné par deux hommes qui se pressaient, avec un air d'avoir fait un mauvais coup.

Un gémissement partit de ce coffre fermé. Alors ils se levèrent tous.

XXXVII

– Hé, les hommes ! – Que roulez-vous comme ça, en vous cachant la nuit ?...

— Des chiens, messieurs les matelots, répondirent les deux passants avec un gros rire.

C'était tout bonnement la voiture des chiens errants qu'on menait en fourrière.

Mais, au mouvement qu'ils s'étaient donné et au bruit de leur propre voix, ces rêveurs de tout à l'heure étaient redevenus de simples matelots ivres.

Se prenant tout à coup pour ces *pauv' bêtes* d'une pitié sympathique, d'une tendresse d'hommes gris, ils exigèrent qu'on les mît en liberté, et une querelle s'ensuivit.

XXXVIII

La discussion ne fut pas longue : cinq minutes après, la petite voiture avait repris sa route ; mais c'étaient les matelots qui la roulaient, en chantant leur chanson joyeuse, et les bons chiens délivrés suivaient, dans une joie folle, sautant, jappant autour de leurs amis, et leur léchant les mains.

Et la charrette s'en allait gaîment, cahotée sur les pierres ; — dedans il y avait les deux hommes, sous clef, dans le coffre à chiens...

XXXIX

Joli baleinier, veux-tu naviguer ?
Joli baleinier,
Joli baleinier.

Ils les voiturèrent jusqu'au matin en chantant d'abord *Le joli baleinier*, et ensuite, pour changer :

Tiens bon, Marie Madeleine,
Tiens bon, Marie Madelon !

XL

Et finalement ils les versèrent, près de Bâb-Azoum, sur un tas d'ordures.

XLI

Alors, ils se reconnurent dans ces rues, et voulurent se rapprocher du point où, la veille, ils étaient venus débarquer.

Ils arrivèrent aux quartiers mal famés, pleins de repaires italiens, qui avoisinent la Marine. Il commençait à faire froid, et c'était encore la nuit. Cependant on ouvrait déjà certains cabarets, pour donner à boire aux portefaix matineux, ou pour jeter dehors avant le jour les ivrognes qui, le dimanche soir, avaient roulé sous les tables, dans les crachats, avec des filles. Ils entrèrent et s'assirent sur des bancs dans une espèce de grande halle où on voyait, au fond, des rangs de tonneaux alignés. La gorge leur brûlait. Avec la bourse du zouave et les sous de Kerboul, ils burent plusieurs verres d'absinthe avec un peu d'eau. Ensuite on les poussa à la porte quand ils n'eurent plus d'argent.

XLII

Maintenant ils n'avaient plus conscience de rien. Ils allaient, le corps tout penché en avant, étendant les bras comme pour saisir le vide, décrivant dans leur marche de grands arcs de cercle comme des oiseaux blessés. La tête leur faisait grand mal ; ils éprouvaient un besoin irrésistible de sommeil, avec la sensation continuelle de tomber, avec une impression d'angoisse et d'agonie.

Ils se retrouvèrent au bord des quais. – Alors un souvenir leur revint de leur navire, de leur métier de matelot, et ils ne voulurent pas aller plus loin, de peur de perdre la mer de vue ; ils s'effondrèrent sur du sable, restèrent immobiles, comme figés au hasard de leur chute, et perdirent connaissance.

XLIII

Elsagarray et Guiaberry, les deux Basques, en s'éveillant, regardèrent les filles qui dormaient

XLII

Maintenant ils n'avaient plus conscience de rien. Ils allaient, le corps tout penché en avant, étendant les bras comme pour saisir le vide, décrivant dans leur marche de grands arcs de cercle comme des oiseaux blessés. La tête leur faisait grand mal ; ils éprouvaient un besoin irrésistible de sommeil, avec la sensation continuelle de tomber, avec une impression d'angoisse et d'agonie.

Ils se retrouvèrent au bord des quais. – Alors un souvenir leur revint de leur navire, de leur métier de matelot, et ils ne voulurent pas aller plus loin, de peur de perdre la mer de vue ; ils s'effondrèrent sur du sable, restèrent immobiles, comme figés au hasard de leur chute, et perdirent connaissance.

XLIII

Elsagarray et Guiaberry, les deux Basques, en s'éveillant, regardèrent les filles qui dormaient auprès d'eux. Leurs chemises, qui étaient faites d'une gaze comme ils n'en avaient jamais vu, s'ouvraient à demi sur leur corps fauve. Ils virent qu'elles étaient belles, bien que leurs joues fussent devenues pâles.

Une lampe, montée sur une longue tige, à la manière des lampes antiques, éclairait un lieu étrange, irrégulier comme une caverne. La chaux laiteuse étendue partout amollissait les angles ou les rugosités des parois, et de vieux petits tableaux accrochés au hasard représentaient des choses incompréhensibles : c'étaient des inscriptions ayant forme de bêtes singulières, des lions dont le corps était un assemblage d'hiéroglyphes d'or, et puis des symboles mystérieux, et plusieurs images d'un cheval ailé à visage de femme.

Ils avaient dormi par terre, sur des couvertures et des coussins ; il n'y avait rien nulle part dans ce gîte, rien qu'une natte grossière recouvrant le sol tout d'une pièce, et un plateau de cuivre sur lequel on avait brûlé de l'ambre et de l'encens. L'air gardait une senteur d'église.

Les filles avaient dans leur sommeil une tranquillité et comme une innocence d'enfant. Elles étaient parées encore de tous leurs bijoux d'argent et de corail, et de leurs colliers odorants en fleurs d'oranger.

Les trois dames de la Kasbah

Eux éprouvaient tout à coup une timidité et un malaise au milieu de tout cet inconnu. Ils se levèrent avec précaution pour ne pas les éveiller, et se coulèrent vers une ouverture que fermait une draperie de soie.

Alors ils se trouvèrent dans la cour de faïence et de marbre, où tombait d'en haut l'air vif et délicieux des dernières heures de la nuit.

XLIV

Ils se souvinrent de Barazère, qui dormait près de Kadidja, quelque part dans cette maison, et ils l'appelèrent doucement.

Barazère aussi se leva, et regarda cette femme qui voulait le retenir en l'enlaçant. Il vit qu'elle était vieille, que son visage était ridé et sa chair affaissée. – Il s'en détourna avec horreur, la repoussant du pied…

XLV

En cherchant dans l'indécise lueur blanche, ils trouvèrent la porte verrouillée du dehors, et ils sortirent, énervés par toutes ces ivresses de leur nuit.

Le pâle matin les enveloppa de sa fraîcheur saine, de sa lumière timide et virginale. Aucun bruit ; tout dormait encore dans la Kasbah ; enveloppée dans ses blancheurs de chaux, elle avait plus que jamais son air de sépulcre.

Où étaient-ils ? Ils s'orientèrent ; ils n'étaient plus ivres. Ils jugèrent qu'ils devaient être très haut au-dessus du port et de la mer, et ils se mirent à descendre par les pentes raides des petites rues arabes.

On y voyait encore à peine, et autour d'eux tout était d'une pâleur singulière ; à part les pavés de galets noirs, tout était blanc. Les vieilles maisons mauresques, les vieilles voûtes en ogive, les vieux jambages de bois qui chevauchaient le long des murs, tout était indécis et paraissait taillé dans de la neige ; on était comme dans une obscurité blanche. Le silence semblait couver des enchantements et des mystères.

Après les voluptés, les baisers de fièvre, les fumées d'encens, ils respiraient avec délice ce grand air, cette fraîcheur douce du matin. Et ils marchaient d'un pas alerte et léger, dans ces hauts quartiers qui dormaient.

Ils allaient gaîment, savourant ce bien-être matinal, ne se doutant pas que c'était fini à jamais de leur saine et belle jeunesse, et qu'ils emportaient avec eux dans leur sang de hideux germes de mort...

XLVI

Le jour était encore incertain quand ils arrivèrent en bas, sur les quais d'Alger. Parmi les décombres, les pièces de bois empilées, ils virent des masses grises : des Arabes, portefaix des navires, qui dormaient à la belle étoile dans leurs burnous percés ; un tas hideux, couvert de haillons et de vermine.

Et puis, plus loin, ils éclatèrent de rire en reconnaissant leurs amis d'hier, les trois Bretons sur du sable.

Ils furent étonnés d'en voir un quatrième avec des moutaches : – le zouave.

XLVII

Trois chiens, assis sur leur derrière, semblaient veiller sur eux avec une sollicitude reconnaissante.

Tout débraillés, ils dormaient comme des morts, les Bretons. Il leur manquait à chacun une pièce de leur costume, qu'ils avaient retirée pour habiller l'autre.

Yves, lui, qui avait donné son tricot à raies bleues, laissait voir sa poitrine nue, et les deux petits chats qu'il avait volés pour leur apprendre des tours, blottis contre sa peau, dormaient aussi, tranquilles et confiants.

Une vapeur couleur d'iris, diaphane, nacrée, était sur la mer comme un voile ; elle semblait lumineuse et toute dorée vers l'orient.

Les burnous gris commençaient à s'agiter, à grouiller par terre ; au-dessus du tas immonde, on voyait se lever un bras, une jambe jaune, ou surgir une tête noire. C'était l'heure du premier salam du matin, et ils s'éveillaient pour dire leur prière.

Et puis la vraie, la grande lumière naissait peu à peu, se répandant sur toute chose ; – et la vapeur couleur d'iris se mourait, devenait si ténue, qu'on voyait au travers les navires les plus éloignés, et presque l'horizon de la mer ; – et puis elle disparaissait tout à coup, comme un rideau de gaze qui tombe : le soleil était levé...

« Allah illah, Allah ! » – Ils étaient debout, les Arabes ; drapés avec une majesté antique dans leurs pouilleuses loques grises ; ils tenaient, droite et superbe, leur tête fine à grands yeux noirs ; et le soleil les inondait de rayons couleur d'or, et, à présent, nobles, cambrés, ils étaient beaux comme des dieux.

On voyait maintenant là-haut la Kasbah, qui tout à l'heure semblait transparente, se détacher sur le violet cendré du ciel en blancheurs opaques marquées çà et là de nuances rousses. Les teintes des objets les plus éloignés étaient devenues si nettes, qu'il n'y avait plus de perspective ; tout semblait près, et la ville mauresque avait l'air d'une masse de constructions superposées se tenant tout debout dans l'air. Il n'y avait que ce ciel gris-perle, qui gardait, derrière toutes ces choses humaines, une transparence et une profondeur infinies...

Les navires avaient largué leurs voiles blanches, pour sécher au soleil l'humidité de la nuit. Il était sept heures, et le canot du bâtiment de guerre auquel les six matelots appartenaient arrivait bon train pour les chercher, fendant l'eau bleue à grands coups d'avirons.

Il accosta. Les Basques, aidés des rameurs, y portèrent les Bretons avec leurs petits chats, et s'y embarquèrent près d'eux.

Les trois chiens le suivirent du regard avec mélancolie, et, quand il fut hors de vue, ils remontèrent, d'un air affairé, vers la ville.

XLVIII

À bord aussi, on s'étonna de voir cet inconnu qui avait des moustaches. Cependant on les mit tous aux fers, par précaution contre le tapage.

Yves, en s'éveillant vers midi, trouva dans sa poche une grande clef... La clef du coffre à chiens !

Il se rappela qu'il avait oublié de l'ouvrir, quand ils avaient versé les deux hommes près de Bâb-Azoum ; alors, comme il a bon cœur, il en éprouva un remords. Et puis il pria un ami d'aller bien vite jeter cette clef à la mer, craignant qu'elle ne servît de pièce à conviction contre eux tous.

XLIX

Dénouement

L'identité du zouave ne fut reconnue que dans la soirée.

Ils furent tous punis, les trois Bretons surtout : l'histoire de la charrette à bras avait fait du bruit dans Alger, et il y avait contre eux les préventions les plus graves.

Les trois Basques se virent bientôt atteints d'une maladie horrible. Ces femmes la leur avaient donnée, presque inconsciemment. Irresponsables de leur vice et de leur misère, elles avaient rendu à ces giaours ce que d'autres giaours leur avaient apporté.

L'un d'eux en mourut, – Barazère.

Les deux autres se crurent guéris, après avoir été quelque temps un objet de dégoût pour leurs camarades. Mais un germe de ce poison leur était resté dans le sang. Ils n'avaient plus que quelques mois de service à faire, et, l'année suivante, ils se marièrent avec des jeunes filles qui les avaient attendus dans leur village pendant qu'ils couraient la mer. Dans des familles de pêcheurs, qui avaient été jusque-là saines et vigoureuses, ils apportèrent cette contagion arabe ; leur premier-né, à chacun d'eux, vint au monde couvert de plaies qui étaient honteuses à voir.

Les bons chiens furent rendus à l'affection de leurs maîtres.

Les deux chats d'Yves devinrent fort beaux. Ils connurent un grand nombre de tours ; ils surent se tenir droit sur leur derrière, – et sauter par-dessus les mains rudes que les gabiers leur présentaient en rond.

Dans la suite, ils eurent plusieurs petits.

Quant aux deux hommes qui avaient été brouettés, ils furent portés à l'hôpital, tout couverts de contusions douloureuses ; pour surcroît de peine, ils furent trouvés très ridicules, et servirent longtemps de risée à leurs compagnons.

L

MORALITÉ

On a toujours tort de chercher à faire du mal aux gens, surtout lorsque ce sont de bons loulous affectueux comme ceux de cette histoire ; tôt ou tard, on est fatalement puni.

Cela est bien prouvé, Plumkett, par le sort de ces attrapeurs de chiens.

(Fin du conte.)

SULEÏMA

Préface de l'auteur

Ce sera une histoire bien décousue que celle-ci, et mon ami Plumkett était d'avis de l'intituler : *Chose sans tête ni queue.*

Elle embrassera douze années de notre ère et tiendra, je pense, en une vingtaine de chapitres (dont un prologue, comme dans les pièces classiques). L'intrigue ne sera pas très corsée ; il y aura un intervalle de dix ans pendant lequel il ne se passera rien du tout, – et puis, brusquement, cela finira par un tissu de crimes.

Il y aura deux personnages portant le même nom, une femme et une bête ; et leurs affaires seront tellement amalgamées, qu'on ne saura plus trop, à certains moments, s'il s'agit de l'une ou s'il s'agit de l'autre. Mes aventures personnelles viendront s'y mêler aussi, – et, pour comble de gâchis, les réflexions de Plumkett.

PROLOGUE

C'était en Algérie, – à Oran, – en 1869, époque à laquelle j'étais presque un enfant.

Plumkett avait encore tous ses cheveux. C'était un matin de mars, Oran se réveillait sous un ciel gris. Nous étions assis devant un café qu'on venait d'ouvrir dans le quartier européen. Nous n'avions pas froid, parce que nous arrivions de France ; mais les Arabes qui passaient étaient entortillés dans leurs manteaux et tremblaient.

Il y en avait un surtout qui paraissait transi ; il traînait une espèce de bazar portatif qu'il étalait devant nous et s'obstinait à nous vendre à des prix extravagants des colliers en pâte odorante et des babouches.

Une petite fille pieds nus, en haillons, se cramponnait à son burnous ; une délicieuse petite créature, qui était tout en grands yeux et en longs cils de poupée. Elle avait un peu l'exagération du type indigène, ainsi que cela arrive chez les enfants. Les petits Arabes et les petits Turcs sont tous jolis avec leur calotte rouge et leurs larges prunelles noires de cabris ; ensuite, en grandissant, ils deviennent très beaux ou très laids.

C'était sa fille Suleïma, nous dit-il. En effet, c'était possible après tout : en décomposant bien cette figure de vieux bandit et en la rajeunissant jusqu'à l'enfance, on comprenait qu'il eût pu produire cette petite.

Nous donnions des morceaux de sucre à Suleïma, comme à un petit chien ; d'abord elle se cachait dans le burnous de son père, puis elle montrait sa tête brune, en riant d'un gros rire de bébé, et en demandait d'autres. Elle retournait ce sucre dans ses petites mains rondes, et le croquait comme un jeune singe.

Nous disions à ce vieux : « Elle est bien jolie, ta petite fille. Veux-tu nous la vendre aussi ? »

C'était dans toute la candeur de notre âme ; nous nous amusions de l'idée d'emporter cette petite créature d'ambre, et d'en faire un jouet. Mais le vieil Arabe, nullement candide, écarquillait ses yeux, en songeant que sa fille réellement serait belle, et souriait comme un mauvais satyre.

Les gens du café nous contèrent son histoire : il venait d'arriver à Oran, où il était sous la surveillance de la police, ayant fait autrefois le métier de détrousseur dans le désert.

M'étant querellé avec Plumkett, je pris, après déjeuner, la route des champs, et passai par la montagne pour rentrer à Mers-el-Kébir, où nous attendait notre vaisseau.

Je montai assez haut d'abord, au milieu de rochers rougeâtres qui avaient des formes rudes et étranges. Il faisait vraiment froid, et cela me surprenait dans cette Algérie que je voyais pour la première fois. Je m'étonnais aussi de rencontrer çà et là, parmi des plantes inconnues, des tapis d'herbe fine avec des petites marguerites blanches comme en France.

Le temps était aussi sombre qu'en Bretagne. Le vent courbait les broussailles et les herbes ; il s'engouffrait avec un bruit triste, partout dans les ravins et les grandes déchirures de pierre.

J'arrivais maintenant à une crête de montagne.

Un gros nuage passait la tête derrière, et le vent l'émiettait à mesure ; en sifflant, ce vent l'éparpillait sur l'herbe, le faisait courir autour de moi en flocons gris comme de la fumée. Cela me semblait fantastique et sinistre, de voir s'enfuir sur l'herbe ces petits morceaux de nuage qu'on aurait pu attraper avec les mains ; et je m'amusais à courir après en tendant les bras pour les prendre – comme cela arrive dans les rêves...

Je me reposais à l'abri dans un recoin de rochers où donnait un rayon de soleil. Près de moi, tout à coup, un bruit très léger d'herbe froissée. Je regardai : une tortue !

Une tortue, drôle à force d'être petite, un atome de tortue ; son écaille jaune à peine formée, toute couverte de dessins en miniature.

En bas, très loin, sur une route qui fuyait dans la direction du Maroc, on voyait cheminer des silhouettes efflanquées de chameaux que conduisaient des Arabes vêtus de noir. (Le Ramadan, où l'on s'habille de laine sombre, tombait en mars cette année-là.)

Je pris cette petite tortue et la mis dans ma poche. À bord, nous décidâmes de l'appeler Suleïma.

Je restai trois mois dans cette Algérie. Pour la première fois, je vis le printemps splendide d'Afrique.

Souvent je rencontrai Suleïma (la petite fille) trottant pieds nus dans les rues d'Oran, pendue au burnous sordide du marchand de babouches.

Puis, un jour, mon navire reçut l'ordre de partir pour le Brésil, et je m'en allai, n'emportant des deux Suleïma que la tortue.

I

25 mars 1879.

Dix ans plus tard,
... Dans notre pays, cette année, le printemps tarde à venir, et c'est encore l'hiver pâle et triste.

La nuit de mars tombe lentement, – et je suis seul dans ma chambre.

Jamais, depuis mon enfance déjà lointaine, je n'étais resté si longtemps au foyer. Six mois, c'est un long repos !

Et je l'aime, ce foyer que j'ai tant de fois déserté. Et, chaque fois que je le quitte, je sens une angoisse en songeant qu'au retour je pourrais y trouver peut-être encore quelque place vide. Les figures très chéries qui me le gardent sont déjà, hélas ! marquées par le temps ; je vois bien qu'elles s'affaiblissent avec les années, et cela me fait peur.

Je ne sais rien de triste comme la tombée des nuits d'hiver, ces airs ternes et mourants que prennent les choses, ce silence de ma maison, augmenté encore par le silence de la petite ville qui l'enserre.

Auprès de moi, il y a Suleïma qui dort (Suleïma la tortue). Depuis les premières fraîcheurs de novembre, elle est enfermée dans sa boîte, – qui est pareille à celles où couchent les perruches, – et elle dort son sommeil de petite bête hibernante. Il y a dix ans qu'elle habite ma maison, tenant fidèle compagnie aux hôtes du foyer pendant que je cours le monde, – et gâtée assurément comme l'ont été fort peu de tortues.

L'idée me vient d'ouvrir cette boîte : on voit son dos poli, à moitié enfoui dans un matelas de foin très fin. Elle est devenue fort grosse depuis le jour où je l'ai prise dans la montagne d'Oran, par un temps d'hiver comme celui d'aujourd'hui.

Et, en regardant Suleïma, je retrouve des souvenirs arabes. La figure enfantine de Suleïma, la petite fille, repasse dans mon esprit, pour la première fois depuis tant d'années : Suleïma mangeant ses morceaux de sucre avec un petit air de singe espiègle et charmant. Ma pensée se promène vaguement dans cette Algérie où je ne suis plus revenu ; je revois de loin cette époque plus jeune, où les pays nouveaux me jetaient en plein visage leur intraduisible étrangeté, avec une puissance de couleur et de lumière qui me semble aujourd'hui perdue...

Comme ici mon imagination s'obscurcit et s'éteint !... Mes souvenirs des pays du soleil s'éloignent, s'embrument, prennent les teintes vagues des choses passées. Ils se mêlent dans ma mémoire et dans mes rêves ; – et tout se confond un peu, les minarets de Stamboul, les sables du Soudan, les plages blanches d'Océanie, – et les villes d'Amérique, et les écueils sombres de la « mer Brumeuse ».

C'est là l'impression la plus décevante de toutes : sentir qu'on s'ennuie au foyer de famille !...

Mais qu'y faire ? Il y a toujours ce vent d'inconnu et d'aventures qui nous talonne tous, et sans lequel notre métier ne serait pas possible ; quand une fois on a respiré ce vent-là, on étouffe après, en air calme ; toutes les choses douces et aimées, après lesquelles on a soupiré quand on était au loin, deviennent peu à peu monotones, incolores ; – et, sourdement, on rêve de repartir.

Et puis ce crépuscule de mars est par trop triste aussi ; on dirait un suaire qui tombe, et ma chambre prend un air funèbre... Si j'allais à côté, dans ma chambre turque, pour essayer de changer ?

J'ouvre une double porte, et soulève une portière d'un vieux rose cerise à feuillages d'or. C'est le coin le plus retiré de la maison, cette *chambre turque*, et les fenêtres, qui donnent sur une cour et des jardins, sont toujours fermées.

Je regarde au-dedans : il y fait déjà nuit, et le velours rouge du mur a l'air noir ; par places, on voit briller la lame courbe d'un yatagan, la crosse damasquinée d'un fusil, ou le dessin bizarre d'une vieille broderie ; une odeur de latakieh et d'encens traîne dans l'air, qui est lourd et froid. Il s'y fait un silence particulier : on dirait qu'on *entend* la nuit venir.

Et voilà que cette chambre me jette ce soir un souvenir déchirant de ce Stamboul d'où j'ai apporté toutes ces choses.

Pourtant ce n'est pas l'Orient, tout cela ; j'ai eu beau faire, le charme n'y est pas venu ; il y manque la lumière, et un je ne sais quoi du dehors qui ne s'apporte pas. Ce n'est pas l'Orient, et ce n'est pas davantage le foyer ; ce n'est plus rien. Je regrette à présent d'avoir détruit ce qui existait avant, qui était bien plus simple, mais qui était plein des souvenirs de mon enfance – car il n'y a plus que cela de bon pour moi : pouvoir, à certains moments, oublier ma vie d'homme dépensée ailleurs, et me retrouver ici enfant, tout enfant ; c'est l'illusion que je m'amuse à chercher par toute sorte de moyens, conservant, respectant mille petites choses d'autrefois, avec une sollicitude exagérée.

– Où est donc ma mère ? Il y aura tantôt deux heures que je ne l'ai vue, et il me prend une grande envie de sa présence. – Je laisse retomber la portière de couleur cerise et je m'en vais.

Un instant je cherche ma mère dans la maison, sans la trouver. Elle est unique, cette maison, d'ailleurs ; on dirait toujours qu'on y joue à cache-cache ; elle est vraiment trop grande à présent, pour nous trois qui restons.

Je rencontre Mélanie, qui traverse la cour, enflant le dos, avec un air gelé.

– Mélanie, savez-vous où est madame ?

– Mon Dieu ! elle était là tout à l'heure, monsieur Pierre.

Allons, je verrai ma mère un peu plus tard, à l'heure du dîner. Je vais monter au second étage trouver ma grand'tante Berthe.

Dans les escaliers, l'obscurité s'est déjà faite.

Étant enfant, j'avais peur le soir dans ces escaliers ; il me semblait que des morts montaient après moi pour m'attraper les jambes, et alors je prenais ma course avec des angoisses folles.

Je me souviens bien de ces frayeurs, elles étaient si fortes qu'elles ont persisté longtemps, même à un âge où je n'avais déjà plus peur de rien.

J'essaye de monter quatre à quatre ce soir, pour retrouver, dans la vitesse, un peu de ces impressions d'autrefois. Mais non, hélas ! les formes qui s'allongeaient, les bras noirs qui passaient à travers les barreaux des rampes, les mains des fantômes, n'y sont plus…

Plus même moyen d'avoir cette peur-là !

Au second, j'ouvre la porte d'une chambre calfeutrée, et j'entre.

On dirait qu'il n'y a personne, car rien ne bouge.

Pourtant, une intelligence est là qui veille.

– C'est toi, petit ? dit une voix de quatre-vingt-dix ans qui part d'un grand fauteuil au coin du feu.

La tête qui s'enfonce dans les coussins a été jadis bien belle ; on le devine encore aux lignes droites et régulières du profil. Les yeux ternes ne voient plus, mais derrière ce miroir obscurci par les années l'intelligence a gardé sa flamme claire.

Tous les jours, tous les jours, elle est là, à ce même coin de feu, la vieille, vieille tante Berthe.

– C'est toi, petit ?

Je réponds : « Oui, tante. » Je touche une pauvre main ridée qui se tend vers moi en tremblant et en tâtant, et puis je m'assieds par terre à ses pieds. (Je déteste les chaises. Plumkett dit même que c'est là un des indices de ma nature et de mes mauvaises fréquentations : ne savoir plus m'asseoir comme tout le monde, et toujours m'étendre ou m'accroupir comme font les sauvages.)

Cela a été bien souvent ma place de cet hiver : là, devant ce feu, par terre, au pied du fauteuil de ma grand'tante Berthe, lui faisant conter des histoires du temps passé, ou écrivant sous sa dictée de curieuses vieilles choses que personne ne sait plus.

Dans le corridor, une grande pendule sonne lentement six fois, – c'est l'heure triste et grise du *chien et loup.*

– Dis-moi, petit (elle m'a conservé ce nom ; en effet, je suis toujours le plus jeune, l'enfant, pour elle qui a vu passer trois générations)... dis-moi, petit, à vos cloches de bord, n'est-ce pas, vous sonnez deux coups doubles pour six heures, trois coups doubles pour sept heures, et quatre, pour huit ?

— Oui, tante Berthe.

— Et vous dites *piquer* les heures, au lieu de *sonner*, comme nous disons, nous autres, les gens de terre ? Oui, continue-t-elle d'une voix plus lente, comme fouillant dans les profondeurs d'un passé presque mort, parmi toutes ces choses accumulées dans sa vieille mémoire, — oui, je me souviens ; quand j'étais petite fille et que nous habitions notre campagne de la Tublerie, j'entendais les soirs d'été ces cloches des navires de la rade...

Or, il y a environ quatre-vingts ans que tante Berthe était une *petite fille*, — et quatre-vingts ans aussi que cette Tublerie a été vendue par mon arrière-grand-père. Ces matelots qui sonnaient ces cloches, et qui étaient jeunes alors, sont morts de vieillesse depuis longtemps ; leurs navires sont démolis et tombés en poussière. Et ces soirs d'été où ces cloches s'entendaient sur la mer... c'est singulier, ils m'apparaissent, dans ce lointain, plus lumineux que les nôtres et plus beaux. Ce n'est rien, pourtant, quatre-vingts ans, quand il s'agit des transformations lentes, des règles sensiblement immuables du Cosmos.

— Dis-moi, ta tortue a-t-elle commencé à se remuer, petit ?

— Non, tante, elle n'est pas réveillée.

— Signe de retard dans les saisons, vois-tu. Je parierais que nous aurons encore de la gelée blanche cette nuit ; je la sens qui me tombe sur les épaules. Remonte un peu mon châle, je te prie. Et puis fais flamber le feu, cela t'occupera.

Le fait est que tout s'en mêle : la grosse bûche se consume comme avec souffrance, exhalant une petite flamme intermittente et pâle. Elle se refuse à mieux flamber.

Tante Berthe se met à chanter d'une petite voix cassée et flûtée, qui semble venir de très loin dans le passé ; elle chante, en marquant la mesure avec son pied, un vieux noël du pays que j'ai noté hier sous sa dictée.

Après, elle ne dit plus rien, et s'affaisse dans une sorte de somnolence. Il lui faut du bruit à présent pour redevenir gaie et spirituelle ; il lui faut des visites, du mouvement autour d'elle et de la lumière.

Et la nuit grise continue de descendre... Je crois que je vais m'assoupir, moi aussi, dans une sorte de rêve mélancolique. Ce qui me manque au foyer, c'est l'élément jeune, c'est quelque chose qui réponde à ma jeunesse à moi. Cette maison, qui jadis était joyeuse, est bien vide à présent et bien morne ; on dirait qu'il s'y promène des fantômes. Ma vie s'y écoule, tranquille et régulière, en compagnie de vieilles personnes, – bien chéries pourtant ; mais il me semble par instants que, moi aussi, je suis devenu vieux, et que c'est fini à jamais du soleil, de la mer, et des aventures, et des pays lumineux de l'islam.

Et, là, auprès de ma vieille tante, je me perds dans des rêves bizarres de vieillesse et de mort, pendant que la nuit froide de mars s'épaissit lentement autour de nous.

....

II

4 avril 1879.

(Huit jours après.)
... Sous mes pieds, des montagnes rouges, ondulant au loin en lignes tourmentées. Autour de moi, des lentisques, des lavandes, des tapis de fleurs exotiques aux senteurs d'aromates ; dans l'air, les parfums capiteux d'un printemps plus chaud que celui de l'Europe.

Un grand paysage aride, désert, – vu de très haut : aux premiers plans de montagnes, des lumières crues, heurtant de grandes ombres dures, toute la gamme des gris ardents et des bruns rouges ; – dans les fuyants infinis des lointains, des bleus limpides et des nuances d'iris... Un air vivifiant et chaud, un ciel plein de rayons.

Là-bas, sur la route qui fuit et se perd dans la direction du Maroc, une bande d'Arabes passe et disparaît. Et, en haut, éclaire le grand soleil d'Afrique !...

....

C'était bien inattendu, cette Algérie !

Cela me charme et me grise, après ce long hiver sombre, où je m'étais affaissé sur moi-même, comme si la jeunesse et la vie m'eussent abandonné.

Je suis seul au milieu de ces montagnes.

Je regarde et je respire. – C'est donc vrai, qu'il y a encore au monde de l'espace et du soleil. – Hélas ! comme il me paraît terne et pâle, vu d'ici, ce temps que je viens de passer au foyer de famille ! C'est navrant d'éprouver cette impression, mais je sens que je m'éveille d'une sorte de sommeil, que hantaient là-bas des visions douces et mélancoliques.

Je me reconnais ici, je reconnais tout ce qui m'entoure, tous les détails de cette nature, – toutes ces fleurettes arabes, – les glaïeuls rouges, les lentisques parfumés, les larges mauves roses, les pâquerettes jaunes et les hautes graminées ; – toutes les plantes, toutes les senteurs de ce pays, tout, les lignes rudes des montagnes, les grandes roches rouges du Marabout, et là-bas le cap de Mers-el-Kébir, qui s'aplatit et s'écrase dans la mer bleue comme le dos bossu d'un méhari ; – surtout je reconnais et j'aime ce je-ne-sais-quoi d'âpre et d'indéfinissable qui est l'Afrique !...

Il y a dix ans, j'avais couru ce pays, ces mêmes montagnes, et cueilli ces mêmes fleurs. J'avais fait un long séjour ici, et je passais mes journées à errer par là, dans ces sentiers de chèvres, dans ces ravins pleins de pierres et pleins de soleil. Je galopais beaucoup sur les chevaux d'un certain Touboul, et je coupais en route de gros bouquets odorants que je rapportais le soir à mon bord. Je n'avais pas tout à fait vingt ans ; en moi, il se faisait un mélange de passion et d'enfantillage, mais l'enfant dominait encore.

Et je retrouve ici tous ces souvenirs oubliés ; ils sortent des feuilles des chamærops et des aloès, ils me reviennent dans toutes ces senteurs de plantes.

Voici, tout près, au-dessus de ma tête, ce creux de pierre où certain jour je ramassai Suleïma la tortue, qui, depuis cette époque, tient compagnie fidèle là-bas aux bonnes vieilles du foyer...

Peut-être est-ce parce que je m'y sens encore étonnamment jeune que j'aime tant ce pays.

Et puis, comme c'était inattendu !

Un ordre brusque, comme il en arrive en marine, – des adieux précipités, – un bateau rapide, – et, ce matin, à quatre heures, au lever du jour, la terre d'Afrique était en vue.

Avec émotion je regardais se dessiner, se rapprocher ces montagnes rouges de Mers-el-Kébir, qui me ramenaient à dix ans dans le passé, et j'aspirais cette senteur de l'Algérie, toujours la même, qui déjà nous arrivait au large, – mélange de parfums d'herbes et d'odeurs de Bédouins.

Et vite j'ai mis pied à terre, pressé de m'enfoncer le plus loin possible dans la campagne de ce pays.

III

Mers-el-Kébir, 5 avril.

À onze heures, Plumkett, dont le navire est voisin du mien, vient me prendre en tartane et, après une heure de traversée sur l'eau bleue du golfe, nous arrivons à Oran.

Par hasard, nous sommes bien disposés l'un et l'autre, et contents d'être ensemble, ne nous étant pas rencontrés depuis longtemps. Oran, par ce beau soleil, ce temps splendide, nous paraît aujourd'hui très pittoresque et très africain.

Nous décidons d'aller revoir le lac Salé et le village de Mizerguin. Mais, avant, par respect pour notre tradition de jeunesse, il faut nous reposer en plein air, devant le café Soubiran. Et nous voilà assis dans la rue, sous ces tentes, éventés par de grands souffles chauds qui nous apportent du sable.

Devant nous, appuyée à un mur blanc, il y a une jeune fille arabe, en haillons, qui nous regarde avec des yeux noirs déjà effrontés, mais bien beaux... Un ressouvenir, un je-ne-sais-quoi de déjà connu, me repasse en tête, et je l'appelle : « Suleïma ! »

Elle relève un peu ses sourcils, l'air étonné, et mord sa petite lèvre rouge, et puis se cache sous son voile en souriant.

Je lui dis : « Tu es Suleïma, la fille de Kaddour, la petite à qui je donnais tous les jours des morceaux de sucre ici, il y a dix ans ? Regarde-moi, tu ne te souviens pas ?

– « Oui, dit-elle, je suis bien Suleïma-ben-Kaddour. »

Mais elle a oublié ces morceaux de sucre, et s'étonne un peu que je la connaisse par son nom. Et puis elle continue de rire, — et ce rire très particulier dit clairement le vilain métier qu'elle a déjà commencé à faire.

Cette promenade au lac Salé, je ne sais pourquoi, ne me tente plus ; après tout, on est très bien à Oran, assis à l'ombre.

Cependant, pour le plaisir de galoper en compagnie de Plumkett...

Les chevaux sont commandés depuis la veille ; on nous les amène et nous voilà partis.

La route est longue au soleil ; la campagne, pierreuse, sauvage, parfumée.

Rien que des palmiers nains et des lavandes, mélangeant au milieu de toutes ces pierres les nuances ternes de leurs deux verdures ; de temps en temps un grand glaïeul rouge jetant là-dessus sa couleur éclatante, ou bien un berger bédouin, demi-nu avec capuchon de laine, promenant des chèvres brunes.

Vers quatre heures nous arrivons à Mizerguin. Nous commandons notre dîner à l'auberge du village, et nous poussons plus loin : je veux cependant montrer à Plumkett certaine vallée où j'étais venu il y a dix ans, un jour d'hiver, avec mon ami John B..., qui disait que c'était le *pays de Mignon*.

Cette vallée était charmante en janvier ; elle avait une mélancolie tranquille et suave avec ses grands arbres dépouillés et ses orangers en fleur.

Aujourd'hui, c'est un autre charme : c'est la splendeur du printemps, mais d'un printemps qui n'est pas le nôtre. Tout autour, la montagne aride, – et ici, une profusion, un luxe inouï de fleurs, un pêle-mêle délicieux de la nature d'Afrique avec celle d'Europe. Il y a des « bouillées » d'iris qui se penchent sur l'eau ; – il y a, parmi les palmiers et les orangers, des recoins humides, ombreux comme des recoins du Nord, où des buissons d'aubépines sont tout fleuris et tout blancs, sous de grands peupliers frêles.

Nous dînons dans cette auberge de Mizerguin à la même place qu'il y a dix ans. Et cela me rend très pensif, de me retrouver à cette table, dans ce village ignoré ; – d'être encore jeune, après tant de courses par le monde, tant d'années passées, tant de choses évanouies…

Il y a dix ans, il faisait froid ici ; un vilain vent d'hiver balayait cette route ; – et puis, je me rappelle que nous avions quitté la table pour regarder une noce de colons qui passait, avec une belle mariée en blanc et un violon en tête. Tout cela nous avait même paru un bizarre assemblage de choses : un village d'Algérie, une soirée d'hiver très froide, et une pauvre noce campagnarde défilant gaîment en musique, au crépuscule, devant des Bédouins et des chameaux.

À la tombée de la nuit, nous remontons à cheval, pour rentrer bon train à Oran.

Au couchant, le ciel qui s'éteint est vert comme une lueur de phosphore. Quand on vient de quitter l'hiver de France, il faut deux ou trois jours pour que les yeux ne s'étonnent plus de la lumière de ce pays.

Il est nuit close quand nous arrivons à la ville. Les boutiques européennes, les échoppes arabes sont éclairées. Les matelots, les spahis, les zouaves, font tapage dans les rues. Et toutes ces filles brunes au regard noir, mauresques ou juives, qui les appellent aux portes, hélas ! me troublent aussi... Plumkett me parle, et je ne l'écoute plus ; je lui dis des choses quelconques qui sont absurdes ; mon esprit ne peut plus suivre le sien. Et ces créatures, et ce printemps, et cette vie chaude et libre, et les effluves capiteux de ce pays, de plus en plus me montent à la tête et me grisent. Puis je m'aperçois maintenant que cette petite Suleïma personnifie ce grand trouble inattendu ; je tremble en songeant tout à coup qu'elle est là à ma merci, si je la veux. Une pudeur me retient pourtant, surtout devant Plumkett ; il y voit toujours trop clair, lui, dans tout ce que je voudrais cacher. Et puis, ces sortes d'amours-là, qu'il faut subir, me confondent et me font douter de tout...

Je suis encore un peu grisé ce soir par mon retour en Algérie, par le grand soleil, par toutes les senteurs de ce printemps arabe. Je sais que c'est l'affaire des premiers moments ; ce sera passé demain. J'essayerai de chasser cette petite fille, au moins par respect pour d'autres, qui ont passé avant elle dans mon cœur, et que j'aime encore...

Plumkett imagine d'aller au bain maure, où nous commençons à nous quereller. Lui veut coucher au bain ; je trouve, moi, la chose absurde et tiens à rentrer à Mers-el-Kébir.

Cette discussion nous conduit fort tard, et il en résulte qu'il n'y a plus de voitures sur la place d'Oran. De onze heures à minuit, il nous faut faire à pied cette longue route de Mers-el-Kébir. Le temps s'est couvert : nuit noire. Ce n'est même pas très prudent cette promenade, sans avoir pris seulement un bâton. Plumkett prétend que c'est ma faute, – et moi, je lui en veux parce que la pluie commence. Sur ce dernier point, je sens que je suis dans mon tort, et j'en deviens d'autant plus insupportable. Lui m'écoute avec son calme de philosophe qui m'exaspère. L'image de Suleïma me poursuit et je médite de le laisser là tout seul, pour rebrousser chemin vers Oran.

Enfin nous voici sur le port de Mers-el-Kébir ; nous réveillons un batelier, et, par grosse mer, sous la pluie à torrents, nous montons dans une petite barque qui se remplit d'eau. Nous arrivons à bord trempés et de détestable humeur.

IV

Mers-el-Kébir, 6 avril.

Pluie fine et temps gris jusqu'au soir.

Ma journée se passe à Oran, où je suis seul cette fois, comme je l'avais désiré ; mais cette pluie change tout, l'entraînement est passé et le charme n'y est plus.

Pourtant, hélas ! j'ai dit à Suleïma de m'attendre dans la Kasbah ce soir à dix heures.

Cinq heures du soir. – Les autres officiers de mon bord se préparent à retourner à Mers-el-Kébir et me demandent si je pars aussi avec eux. Résolument je réponds que oui ; je monte en voiture et nous rentrons ensemble.

V

Après dîner, en remontant sur le pont, je regarde là-bas, dans la direction d'Oran, et ma résolution ne tient plus. Ces sortes de résolutions, la nuit tiède qui tombe les emporte toujours.

La pluie est passée. Le ciel est assombri encore par des nuages opaques, d'un gris livide, qui se tiennent par longues bandes, et semblent très hauts, très loin de notre monde. Le vent vient de terre, et la montagne mouillée nous envoie ses senteurs plus fortes.

Il est déjà tard. Je trouve encore sur le quai de Mers-el-Kébir une petite voiture ouverte, attelée de deux bêtes maigres qui s'emballent au départ. Le vent de cette course me fouette délicieusement le visage, une demi-heure durant, jusqu'aux portes de la ville. Je monte à pied au quartier maure, et Suleïma est là qui m'attend, au point convenu, dans un carrefour noir.

La rue que Suleïma habite est une très vieille petite rue, haut perchée, sur le bord d'un ravin qui semble, la nuit, n'avoir plus de fond.

À Oran, on ne trouve pas, comme à Alger, de ces belles habitations mauresques d'autrefois, qui gardent dans leur décrépitude le charme de leur splendeur morte. Cette maison de Suleïma est sordide et misérable.

D'abord nous traversons une Cour des Miracles, puis des corridors, où elle m'entraîne par la main parce qu'il fait noir, – et nous montons par une échelle. Je me laisse conduire, en tenant dans l'obscurité cette main frêle de jeune fille ; déjà elle m'impressionne, cette pauvre petite main de prostituée, parce que j'ai vu, au jour, qu'elle a du henné sur les ongles, comme une autre main orientale que j'ai bien adorée.

Un grenier avec une natte, un matelas blanc et une couverture arabe : c'est la chambre de Suleïma. Elle allume une petite lampe de cuivre par terre, puis fait signe que nous sommes chez nous.

Et me voici, à demi étendu sur cette couche, contemplant Suleïma, qui est debout devant moi, éclairée en dessous par la flamme de sa lampe. Elle est svelte comme une forme grecque dans ses longs vêtements blancs ; elle a relevé ses bras nus au-dessus de sa tête, et son ombre qui monte au plafond noir ressemble à une ombre d'amphore.

Elle me regarde en souriant, et son sourire est doux et bon ; son regard n'a plus du tout l'effronterie de la rue ; c'est une chose qu'on lui a apprise, cette effronterie-là, et cela ne lui est pas naturel.

Avec ses yeux trop grands et la régularité exquise de ses traits, elle a l'air ce soir d'une madone brune. – Elle ne sait pas encore bien faire son métier sans doute ; car autrement, pour sûr, elle serait moins pauvre.

Quand elle va et vient par la chambre, elle a ce léger balancement des hanches qui est toute la grâce d'une femme, et que, chez nous, les hauts talons et les étroites chaussures ont changé en autre chose d'artificiel ; les femmes antiques devaient avoir ce balancement-là, qui n'est possible qu'avec des pieds nus.

Ses vêtements sont imprégnés de cette odeur qu'ont toutes les femmes d'Orient, même les plus pauvres. Il semble aussi qu'elle sente le désert, – et ses mouvements de petite fille nerveuse, encore maigre, ont par instants une souplesse et une élasticité de sauterelle.

Il y a ces deux ou trois mêmes questions éternelles, échangées toujours entre deux êtres qui vont se livrer l'un à l'autre, lorsqu'ils ne sont pas rapprochés par le vice tout seul, lorsqu'il y a encore chez eux un peu de ce quelque chose qu'on a appelé l'âme. On veut savoir d'où on vient, qui on est, qui on a été. Cette curiosité est un reste de pudeur, et comme une aspiration vers du vrai amour.

Nous causons tous deux dans un *sabir* un peu espagnol ; elle l'a appris avec les petites juives, dit-elle, et, en le parlant, elle y met partout, hors de propos, les aspirations dures de la langue du désert.

… Les morceaux de sucre à la porte du café Soubiran… Oui, elle croit bien qu'elle commence à s'en souvenir… Mais elle était si petite alors !… Elle s'est assise en croisant les jambes, pour chercher plus à son aise dans sa mémoire, comme si c'était très important. Et puis, réflexion faite, elle déclare que non ; je lui ai conté une histoire, cela ne peut pas être moi : il y a trop longtemps que cela se serait passé, et je n'aurais pas l'air si jeune.

Du reste, depuis cette époque, elle a fait un long séjour dans l'intérieur ; son père l'avait ramenée dans le cercle de Biskra, son pays, là-bas, très loin dans le Sud. — D'abord on a marché longtemps à pied, et puis on a fait route avec une caravane ; elle-même était sur un chameau, avec des dames arabes. On est passé dans le pays où il n'y a plus que des sables…

Oui, moi aussi, je le connais, ce pays, où il n'y a plus que des sables. — Je m'y suis enfoncé plus loin que Suleïma, — par le Soudan noir, et j'y ai souffert. — Je le retrouve, à mesure qu'elle en parle avec sa simplicité d'enfant. Et, pendant que mes yeux se ferment et que la petite lampe s'éteint, je vois très bien, sous le ciel éternellement bleu et sur les sables roses, passer cette caravane...

VI

Il y a des grillons qui chantent dans le mur. – C'est un bruit d'été, et cela porte bonheur.

Vers le milieu de la nuit, nous entendons au-dessous de nous quelqu'un bouger. L'échelle craque et remue. – Et Suleïma s'éveille, inquiète : « As-tu de l'argent dans tes vêtements ? » dit-elle.

Puis elle se lève pour le cacher sous notre oreiller. « Mon père pourrait venir avec son frère te le prendre !... »

VII

... Je me levai dès que le ciel parut blanchir, ne voulant pas voir ce bouge où j'avais dormi. Dans l'obscurité encore, je descendis cette échelle, je traversai un couloir en tâtant les murs, et puis une cour ; j'ouvris une vieille porte à verrou de fer, et me trouvai dans la rue.

La Kasbah, encore endormie, sentait bon, l'air du matin était pur et délicieux.

Je dominais un ravin plein d'aloès.

Je me couchai au bord. Le fond en était encore indistinct, perdu dans l'obscurité noire.

Il y avait partout une rare finesse de teinte dans des gammes grises, et comme une grande puissance de couleurs dans la nuit ; et puis d'étonnantes transparences d'air, et des senteurs suaves de pays chaud.

D'abord mes yeux mal éveillés gardaient une fatigue légère et voluptueuse, – et puis cela passait, à mesure que naissait la lumière.

Un Bédouin marchand de lait de chèvre, qui dormait par terre dans son burnous au milieu de son troupeau, s'éveilla pour m'en offrir. – Toutes ces grosses houppes d'un noir roux, qui faisaient autour de moi des taches sur le gris pâle des choses, c'étaient ses chèvres qui étaient couchées ; elles commençaient à se secouer avec de petits bruits de clochettes. Puis maintenant ces plantes sur lesquelles je m'étais étendu, – et qui étaient de grandes mauves d'Algérie, – se coloraient vivement en rose.

On entendit une porte tourner sur ses ferrures, dans ce silence du matin, et une première petite échoppe arabe s'ouvrit, où l'on vendait du café avec des beignets au miel, à l'usage des gens matineux. Deux hommes commencèrent à cuisiner cela dehors, au-dessus d'une petite flamme que déjà le jour faisait pâlir, et qui tremblait avec un air de feu follet.

Maintenant elle arrivait vite, la lumière, la grande lumière couleur d'or rose, – et elle balayait le souvenir de cette nuit et de ce bouge noir. Et je respirais délicieusement la fraîcheur saine de ce matin ; je me baignais et me retrempais dans cette pureté-là ; c'était une impression de bien-être physique d'une intensité extraordinaire ; c'était comme une ivresse d'exister...

Étrange rajeunissement que le grand matin apporte toujours aux sens dans les pays du soleil, et qui n'est peut-être rien, après tout, – rien qu'une sensation fausse et un mirage de vie...

....

À la porte d'Oran, j'achetai de gros bouquets de roses à des femmes qui se rendaient au marché, et je pris au pas rapide la route de Mers-el-Kébir.

À mi-chemin, un grand nuage, qui montait très vite dans le ciel clair, creva sur ma tête. Ce fut la pluie à torrents, et je me réfugiai, avec mes roses, dans une ferme espagnole. Mais le temps passait ; à huit heures et demie, il fallait être à bord et avoir changé de costume pour l'inspection. Tant pis, je repris ma route sous l'ondée, et arrivai au *Téméraire*, trempé, ruisselant, comme sortant d'un bain.

Du reste, on est habitué depuis quelques jours à me voir faire sur ce vaisseau des entrées pareilles.

VIII

17 avril.

Suleïma me confiait hier ses projets d'avenir.
Pauvre petite fille irresponsable, qui me fait pitié !
Voici : Elle est très ambitieuse. Elle a déjà amassé un peu d'argent, et elle le cache dans un recoin que son père ne connaît pas. Bientôt elle se fera faire un collier à plusieurs rangs de louis d'or disposés dans le goût musulman ; et puis, en emportant sa richesse à son cou, elle s'en retournera dans le Sud, dans le cercle de Biskra, où elle est née, pour y trouver un mari qui n'en saura rien, et devenir une grande dame de l'endroit.

Que dire à cela ? Et d'ailleurs, quelle sorte de sermon serais-je bien en droit de lui faire, puisque, moi aussi, j'y aurai contribué, à ce collier d'or !...

IX

20 avril.

Une vie très agitée que la nôtre. — Avec le service déjà compliqué de l'escadre, beaucoup d'expéditions et de courses ; — les quelques kilomètres qui nous séparent d'Oran parcourus en coup de vent, à toute heure du jour ou de la nuit, en voiture ou à cheval, avec la préoccupation perpétuelle d'arriver trop tard ; — et, sous prétexte de fraterniser avec l'armée algérienne, des punchs à tout casser avec les spahis, zouaves et chasseurs d'Afrique.

Ces montagnes rouges de Mers-el-Kébir, — cette route d'Oran bordée d'aloès, peuplée de spahis et de Bédouins, — j'aime assez tout cela, qui me rappelle un monde de souvenirs très jeunes. Mais cette sorte d'enivrement des premiers jours est bien passé. D'ailleurs, on l'a encore gâtée, cette Algérie, depuis seulement dix ans que je la connais, et c'est plus loin dans le Sud qu'il faudrait à présent aller la chercher. Ici, la couleur est déjà frelatée, et il y a des gens en burnous qui entendent l'argot de barrière ; on réussira bientôt à faire de ce pays quelque chose de banal et de pareil au nôtre, – où il n'y aura plus de vrai que le soleil.

X

25 avril.

... Nous partions le lendemain, et notre dernière nuit venait de finir.

Aux premières blancheurs incertaines du jour, je m'en allais, et j'étais déjà dans l'échelle par où l'on descendait du taudis sombre, quand Suleïma, qui semblait s'être endormie, se leva et vint jeter ses bras autour de mon cou. Que me voulait-elle, la pauvre petite perdue ?... Elle savait bien que je n'avais plus d'argent et que d'ailleurs je ne reviendrais plus... Le baiser d'adieu qu'elle vint me donner là, et que je lui rendis avec un peu de mon âme, je ne l'avais pas acheté. D'ailleurs il n'y a pas de louis d'or qui puisse payer un baiser spontané qu'une petite fille charmante de seize ans vous donne. – Tous deux, sans le vouloir, nous avions un peu joué *Rolla*...

Dehors, dans la rue endormie, je retrouvai le Bédouin couché au milieu de ses chèvres ; et l'échoppe qui s'ouvrait, avec les deux Maures cuisinant leurs beignets sur la même flamme de feu follet ; – et les senteurs de plantes qui montaient du ravin aux aloès, et le bien-être, et la fraîcheur délicieuse du matin. – Mais je m'en allais d'un pas moins léger que le premier jour, et cette fois je regrettais le bouge noir. – Et, tout le temps que je cheminai sur cette route de Mers-el-Kébir, au beau soleil levant, le long des aloès vert pâle et des grands rochers rouges, je songeai avec un peu de tristesse à ce pauvre baiser de petite abandonnée...

Dans l'après-midi, nous donnions un bal à bord, et, le soir, un dîner d'adieu à des officiers de l'armée algérienne.

Après ce dîner, deux lieutenants de spahis – très gentils du reste, – qui se sont pris pour Plumkett et moi d'une grande affection, parce qu'ils sont un peu gris, veulent absolument que nous les reconduisions jusqu'à Oran ; – ils ont justement deux chevaux en plus, disent-ils, qui attendent là, à Mers-el-Kébir, dans le fort.

J'avais pourtant bien décidé de ne plus remettre les pieds à terre avant le départ ; – et d'ailleurs je suis de service ce soir, je « prends le quart » à minuit.

Mais cette idée de retourner à Oran une dernière fois me trouble un peu la tête. Pourvu que je sois de retour à minuit, pour ce quart, – qui s'en apercevra ?... Allons, nous les reconduirons, puisqu'ils y tiennent.

Dans le fort de Mers-el-Kébir, il y a une vingtaine de chevaux sellés, que gardent des spahis arabes. Il s'en trouve en effet deux de trop, et cela tombe à point.

C'est joli, dans cette vieille forteresse hispano-mauresque, tous ces chevaux éclairés par la lune, et tous ces burnous. Il y a des clartés d'argent sur les groupes arabes, et de longues traînées d'ombres, qui descendent des murailles. Par cette nuit pure et délicieuse, à travers cette transparence de l'air d'Afrique, tout cela est très lumineux dans le vague, et semble agrandi ; tous ces manteaux blancs et rouges agités au milieu de chevaux impatients qui piaffent, c'est encore de la vraie Algérie, cela. – Nous en voyons plus qu'il n'y en a, assurément : on dirait une armée du Prophète, – et autour de nous ces hauts pans de murs crénelés, bien ordinaires en plein jour, se dressent ce soir sous la lune comme des choses enchantées.

Les chevaux se sont grisés d'avoine ; les cavaliers, d'autre chose. Tout cela s'ébranle, se met en route avec force cabrioles, part au galop sur la route bordée d'aloès, et traverse le village comme une fantasia.

Une demi-heure après, cet ouragan s'abat aux portes d'Oran : tout le monde a tenu bon et rien n'est cassé.

À toute force il me faut être rentré à minuit, – comme feu Cendrillon. – Quelques minutes tout au plus à passer à Oran, et vite je fais monter Plumkett dans le quartier maure, sous prétexte de lui montrer la Kasbah la nuit.

Dans le haut d'une vieille petite rue sombre, au bord d'un ravin sans fond, je m'arrête, je regarde et je cherche ; j'écoute à une porte, je frappe, et puis j'appelle.

– Que faites-vous, mon pauvre Loti ? dit Plumkett, qui trouve que le lieu a mauvaise mine.

… Mais non, Suleïma n'est pas là ce soir. Elle ne m'attendait plus.

— Vite, il faut redescendre au quartier français, prendre une voiture pour Mers-el-Kébir, et donner bon pourboire au cocher.

À minuit juste, je suis de retour, pour *prendre le quart* jusqu'à quatre heures du matin, et, à cinq heures, au jour levé, nous appareillons pour Alger.

XI

En mer, 26 avril.

Enfermé dans ma chambre de bord, j'essaye de dormir.

Et puis je me réveille triste, et je remonte sur le pont pour regarder cette côte d'Oran qui doit paraître encore.

Je les connais, ces tristesses des réveils, légères ou profondes, qui ont été partout les compagnes les plus fidèles de ma vie.

Mais, aujourd'hui, je n'attendais pas celle-ci ; et je cherche Plumkett, à qui j'éprouve le besoin d'en faire part.

XII

– Cela passera, dit-il avec un grand calme et l'air de penser à autre chose.

– Mais je le sais bien, que cela passera ! Ne faites donc pas le garçon stupide, Plumkett, vous qui comprenez. À la fin, vous êtes irritant, je vous assure.

« Cela passera, c'est incontestable, – et même cela ne serait jamais venu, sans son pauvre petit baiser d'adieu. Je puis vous dire aussi très positivement, – vu le peu de racine que cela a eu le temps de prendre, – que, dans trois jours, il n'y aura plus rien.

« Mais c'est cette certitude qui est triste, – et aussi ce cynisme tranquille avec lequel tous les deux nous en parlons. »

Plumkett et moi, nous faisons les cent pas, tournant comme deux automates au même point et sur le même pied, – ce qui est une habitude de marins.

Nous ne nous disons plus rien, – ce qui est devenu une habitude à nous, après nous être trop parlé. – En effet, nous nous connaissons si bien, et nos pensées se ressemblent tellement, que ce n'est même plus la peine de perdre du temps à nous contredire pour essayer de nous donner le change.

En vérité, il y a des instants où c'est une gêne et une fatigue de tant se connaître ; on ne sait plus par où se prendre pour se trouver encore quelque chose de neuf.

Le navire file doucement dans tout ce bleu de la Méditerranée, et le beau soleil de dix heures inonde nos tentes blanches... Quoi de commun entre cette petite créature arabe et moi-même ?... Parce qu'elle était jolie, nous avons été rapprochés par une de ces attractions aussi anciennes que le monde et aussi inexplicables que lui.

Et ce regret d'un moment, qu'elle me laisse et qui va finir, est pour moi un mystère sombre, – parce qu'il ressemble terriblement à des regrets déchirants que j'ai éprouvés pour d'autres, et qui sont passés aussi. C'est la même chose, tout cela, quoi qu'on en dise et comment qu'on l'appelle ; cela procède des mêmes causes, aveugles et matérielles, pour aboutir aux mêmes fins. – L'amour, le grand amour, dont nous cherchons à faire quelque chose de divin et de sublime, il est tellement pareil, hélas ! à celui qu'on achète en passant, que leur grande parenté me fait peur...

– Elle était bien jolie, avouez-le, Plumkett !
– ???... L'air d'une sauterelle !

Plumkett a toujours le mot très juste pour désigner certaines affinités que peuvent avoir les gens avec les bêtes ou les choses. Cela m'irrite qu'il soit précisément tombé sur ce mot de sauterelle, qui a du vrai, et que j'avais trouvé, moi aussi.

Ses grands yeux, sa maigreur de petite fille, l'élasticité, la détente jeune et brusque de ses membres, sa légèreté de bayadère... à cause de tout cela, je lui avais donné, moi aussi, ce nom de sauterelle (*Djeradah*, en arabe), dans son acception la plus ensoleillée et la plus jolie.

Pauvre petite sauterelle du désert, égarée sur les pavés d'Oran et destinée à la fange finale, qui sait ce qu'elle aurait pu devenir, élevée ailleurs que dans la rue, à la merci des zouaves ? Et alors son baiser et son adieu me revenaient encore en tête, me jetant dans une rêverie triste.

Mystère que tout cela, enchantement des sens et du soleil. Car, après tout, si elle n'avait pas été jolie, et sans ce printemps arabe, est-ce que jamais je me serais soucié d'elle ? – Tout n'est bien que charme du regard et charme de la forme, choses que le temps vient faner d'abord, et après, pourrir...

En haut, sur nos têtes, nous brûlant à travers les tentes blanches, il y avait ce soleil, radieux, éternel, que j'ai vu, partout et toujours, sourire de son même sourire de sphinx, sur les regrets vagues qui ne durent pas, comme sur les grands déchirements et les grands désespoirs, qui, hélas ! passent aussi.

Il m'a toujours attiré irrésistiblement, ce soleil ; je l'ai cherché toute ma vie, partout, dans tous les pays de la terre. Encore plus que l'amour, il change les aspects de toute chose, et j'oublie tout pour lui quand il paraît. Et, dans certaines contrées de l'Orient, dans le grand ciel éternellement bleu, jamais adouci, jamais voilé, sa présence continuelle me cause une mélancolie inexprimable, plus intime et plus profonde que la tristesse des brumes du Nord...

Mais c'est en Afrique, dans les sables de la grande *Mer-sans-Eau*, que je me suis senti le plus étrangement près de sa personnalité dévorante.

Il est mon Dieu ; je le personnifie et l'adore dans sa forme la plus ancienne et par suite la plus vraie, – la plus terrible aussi et la plus implacable : Baal !... Et, même aujourd'hui, le Baal que je conçois, c'est *Baal Zéboub*, le Grand Pourrisseur.

J'ai vu les vieux temples de l'Amérique australe, où on l'adorait sous une espèce moins compréhensible pour nos intelligences de l'ancien monde ; je l'ai cherché aussi là, dans les sanctuaires détruits, entre les murs couverts de bas-reliefs mystérieux, vestiges d'une antiquité qui n'est pas la nôtre, et qu'on ne connaît plus. – Mais non, celui-là était un Baal étranger et lointain ; je ne le saisissais plus, ce soleil qui a fait éclore les races humaines à peau jaune et à peau rouge, et toute la nature de ces régions par trop éloignées. Et, là, en cherchant à embrasser mon Dieu, je me sentais me perdre et m'abîmer dans une sorte de vide et de terreur sans nom.

C'est dans notre vieux monde à nous, que je puis un peu le sentir et le comprendre, le Baal créateur et pourrisseur, quand il se lève, dans le ciel toujours profond et bleu, au-dessus des villes blanches et mortes de l'islam, ou des grandes ruines de cet Orient qui est notre berceau. Surtout, quand il passe sur l'Afrique musulmane et sur l'infini des sables du Sahara ; – et, plus tard, lorsque je sentirai approcher la pâle vieillesse, c'est dans ce grand désert que j'irai lui porter mes ossements à blanchir.

... Ce que je dis là n'est plus intelligible pour personne. – Même cet ami qui marche près de moi, et qui sait lire mes pensées les plus secrètes, ne me comprendrait plus. – Ce sont des intuitions mystérieuses, venues je ne sais d'où, qui par instants m'échappent à moi-même ; j'ose à peine les formuler et les écrire...

XIII

20 juin 1880.

Un an plus tard, – dans mon pays. – La splendeur de juin.

J'étais revenu depuis deux jours au foyer. – Assis dans la cour, sous des vignes et des chèvrefeuilles, dans un coin d'ombre, je regardais Suleïma (la tortue) trotter au soleil sur les pavés blancs.

C'étaient encore les premiers moments de cette grande joie du retour.

Car cette joie qu'on a eue d'abord à embrasser sa mère, et à revoir ceux qu'on aime, – même les fidèles domestiques qui ont fini par devenir de la maison et qu'on embrasse aussi, – cette joie est prolongée ensuite par une foule de petits détails tout à fait inconnus à ceux qui ne sont jamais partis. Il faut au moins trois ou quatre jours pour retrouver l'une après l'autre les mille petites choses douces et les habitudes oubliées du foyer.

Et puis on regarde partout : les rosiers ont poussé, toutes les plantes ont encore grandi, c'est plus touffu, et sur les pierres il y a plus de mousse.

Dans les appartements, on fouille les coins et recoins, pour revoir un tas de choses qui sont des souvenirs d'enfance, ou des souvenirs qu'on avait apportés d'ailleurs, – même des fleurs séchées qui habitent dans des tiroirs.

Il y a aussi les vêtements de maison, en toile, qu'on se dépêche de reprendre. Toujours les mêmes, ceux-là, depuis plusieurs années ; je prie instamment qu'on ne me les change pas, bien qu'ils ne soient plus absolument présentables, parce que je me retrouve plus enfant, dès que je les ai remis sur moi.

Assis dans la cour, dans mon coin d'ombre, je regardais Suleïma, qui passait dans le soleil, en marchant très vite comme une tortue qui a quelque chose de pressé à faire.

Et je me rappelais cette question entendue autrefois, un triste soir de mars : « Dis-moi, petit, la tortue est-elle éveillée ? »

Elle n'est plus là, la pauvre grand'tante qui l'avait prononcée, cette phrase ; en mon absence, elle a quitté la terre.

Au retour, j'ai trouvé son grand fauteuil vide, roulé au mur, recouvert d'une housse blanche, immaculée, comme ces voiles qu'on jette sur les morts.

Elle avait bien pleuré, cette dernière fois, en me disant adieu, – toute courbée entre ses oreillers, – pressentant qu'elle ne me reverrait plus.

Sa place au foyer était une place à part, et elle y laisse un vide particulier. C'est quelque chose du passé qui s'en est allé ; ce sont des liens avec les jours d'autrefois qui se sont rompus. – Elle était une personne d'un autre siècle ; nulle part il n'y avait par le monde une intelligence contemporaine de la sienne, demeurée si fine, si vive et si profonde.

Et, à présent, cette flamme qui avait tant duré s'est éteinte, – ou s'en est allée brûler ailleurs dans des régions mystérieuses...

J'ai le cœur bien serré du départ de ma vieille tante...

Elle était très réveillée aujourd'hui, la tortue. Elle traînait vivement sa carapace trop lourde sur ses petites pattes ayant forme de pieds lilliputiens d'hippopotame, et s'en allait la tête en l'air, en regardant de droite et de gauche. Sur les pavés blancs, sur les petits rochers, elle marchait en zigzags, heurtant les pots de fleurs par maladresse, ou disparaissant – le long du mur au midi – derrière les beaux cactus à fleurs rouges. Sous ce soleil, aussi chaud assurément que celui de son pays, elle s'imaginait sans doute avoir retrouvé une Algérie en miniature.

Comme moi, quand j'étais tout enfant, j'avais ici des petits recoins qui me représentaient le Brésil, et où j'arrivais vraiment à avoir des impressions et des frayeurs de forêt vierge, – l'été, quand ils étaient bien ensoleillés et bien touffus.

Ma chatte Moumoutte s'occupait beaucoup de Suleïma ; elle la guettait par farce, au débouché de ces pots de fleurs ; sautait dessus tout à coup, le dos renflé et la queue de côté, avec un air plaisant, et donnait un coup de patte sur le dos de bois de cette camarade inférieure. Ensuite elle venait à moi en me regardant, comme pour me dire : « Crois-tu qu'elle est drôle, cette bête ; depuis déjà pas mal d'étés que nous nous connaissons, je n'en suis pas encore revenue, de l'étonnement qu'elle me cause ! »

Et puis elle se couchait, câline, prenant un air de fatigue extrême, – et bondissait tout à coup, les oreilles droites, les yeux dilatés, quand quelque pauvre lézard gris, craintif, avait remué dans le lierre des murs...

Il y a des années que je connais ce manège de chatte et de tortue, au milieu de ces mêmes cactus ; tout ce petit monde de bêtes et de plantes continue son existence tranquille au foyer, tandis que, moi, je m'en vais au loin, courir et dépenser ma vie ; tandis que les figures vénérées et chéries qui ont entouré mon enfance disparaissent peu à peu, et font la maison plus grande et plus vide...

Et tous ces bruits d'été dans cette cour, comme ils sont toujours les mêmes ! Les bourdonnements légers des moucherons qui dansent dans l'air tiède, les poules qui causent dans le jardin de nos voisins, et les hirondelles qui chantent à pleine gorge, là-haut, sur les arrêtoirs des contrevents de ma chambre.

Mon Dieu, comme j'aime tout cela ; comme on est bien ici, et quelle chose fatale que cette envie qui me prend toujours de repartir...

XIV

Hier, pour ma première nuit passée au foyer, j'ai fait un rêve noir.

Dans la journée, j'étais entré dans ma chambre turque, pour saluer en arrivant tous ces souvenirs d'un passé mort qui dorment là, dans les tentures venues de Stamboul.

C'était tout fermé comme d'habitude, et un peu de jour filtrait à peine sur ces choses rares et dépaysées. J'y trouvai un aspect d'abandon, comme dans les appartements longtemps inhabités, et une odeur de Turquie restée encore dans l'air. C'était bien de l'Orient, mais sans la lumière et sans la vie.

À quoi bon, décidément, avoir apporté tout cela, et qu'est-ce qu'ils sont venus faire au foyer, ces pauvres chers souvenirs d'une époque de mon existence qui ne peut plus être recommencée ?...

Je n'ouvre jamais ces fenêtres, pour laisser perdre ici la notion du lieu, et y garder un peu d'illusion de mon vrai logis turc, – celui d'autrefois, – qui donnait là-bas sur la Corne-d'Or.

Ce jour-là, je les ouvris toutes grandes, et la lumière tomba en plein, une fois par hasard, sur ces choses anciennes, faites pour le soleil, qui se mirent à briller, dans des tons extraordinaires, de reflets de soie et d'éclats de métal.

Et puis, en me penchant au-dehors, je contemplai longuement cette vue mélancolique qu'on a de ces fenêtres et que, depuis pas mal de temps, j'avais oubliée : – des jardins avec des roses, des murs avec du lierre, et, au loin, la plaine unie sur laquelle la rivière trace une raie brillante.

Jadis ma grand'tante Berthe se tenait dans cet appartement (c'était bien avant que je ne m'en fusse emparé pour en faire un lieu oriental). Et, comme ces fenêtres donnent au couchant, elle me faisait appeler le soir, du temps de ma petite enfance, pour me montrer les couchers du soleil, quand ils étaient très beaux.

Moi, alors, je montais quatre à quatre, de peur de les manquer, – car ils passaient très vite... Dans ce temps-là, pour sûr, ces couchers de soleil qu'on voyait par les fenêtres de ma tante Berthe avaient une splendeur que n'ont plus ceux d'aujourd'hui.

Dans mon rêve d'hier, j'étais entré aussi dans cette chambre turque, et j'y avais trouvé un vieillard, assis sur un divan, un vieillard affaissé et à demi mort, – un vieillard *qui était moi*...

Autour de nous, les choses agrandies avaient pris une magnificence sombre ; les objets s'étaient faits sinistres, et tous ces dessins de l'art musulman d'autrefois semblaient symboliser des mystères.

Alors, comme dans la journée, j'écartai les épais rideaux de soie et j'ouvris la fenêtre. – Il entra une lueur de rêve. – On vit les jardins et la plaine là-bas, tout cela étrange sous un coucher de soleil jaune, et ayant quelque chose de la désolation du Grand-Désert.

Et la lumière tomba aussi sur la figure de ce vieillard, qui était bien *moi*, et que je regardais, debout devant lui, avec pitié, et dégoût, et terreur.

Je devinais toute son existence : il avait continué de s'éparpiller, de se gaspiller par le monde, et à présent il allait mourir seul, n'ayant pas même su se faire une famille. Dans ses yeux, – qui étaient les miens éteints par les années, – il n'avait rien gardé de tout ce soleil qu'il avait dû voir pendant sa vie ; il avait une expression terne, désolée et maudite.

Une voix prononça le mot *islam*.

– « L'islam », répéta le vieillard... et on eût dit que tout un monde de choses mortes s'éveillait et s'agitait dans la cendre de sa tête, des souvenirs de Stamboul, la mer bleue, des armes brillantes au soleil...

Je n'étais plus debout devant lui. Ses pensées étaient les miennes ; j'étais lui-même, nous ne faisions plus qu'un. Et je me débattais, comme étouffé dans une espèce de nuit qui s'épaississait toujours, et je suppliais des êtres à peine ébauchés qui se penchaient sur moi de m'emporter loin de ce pays, où j'allais mourir, de m'emporter une dernière fois, là-bas, en Orient, dans la lumière et dans le soleil...

....

XV

21 juin 1880.

Un des recoins de la terre où je me suis toujours trouvé bien, c'est ici, sur un certain banc vert où jadis, dans le bon temps heureux, je venais faire mes devoirs à l'ombre et apprendre mes leçons, – les jambes en l'air toujours, dans des poses nullement classiques, élève peu studieux, rêvant de voyages et d'aventures.

À présent que j'ai tout vu, au lieu de rêves, ce sont des souvenirs. – Cela se ressemble et cela se mêle. – Et, quand je me retrouve sur ce banc, je ne sais plus trop distinguer les uns des autres.

Parmi ces souvenirs que le hasard ramène, il y en a de tristes et d'adorés qui passent à leur tour, et qui tout à coup me font me redresser et tordre mes mains d'angoisse. Ils s'en vont comme les autres, mon Dieu, et le temps peu à peu rend ces retours moins déchirants.

C'est mon vrai chez-moi, ce banc vert, malgré tous mes enthousiasmes éprouvés pour d'autres climats et d'autres lieux. Rien ne change alentour. Il y a toujours, à côté, les mêmes iris jaunes, qui sortent en grande gerbe d'un bassin d'eau fraîche entre des pierres moussues ; et les herbes humides sur lesquelles se posent les libellules égarées venues de la campagne. Plus loin, au beau soleil, la rangée des cactus aux grandes fleurs exotiques ; – et puis toujours les mêmes roses blanches sur les murs ; les mêmes plantes retombant de partout, – plus longues peut-être, plus incultes, envahissant davantage, comme sur les tombeaux, à mesure que la maison est plus dépeuplée et plus silencieuse.

Ce mois de juin est bien beau ; le ciel est bien pur et bien bleu. Et pourtant ce n'est pas encore cette splendeur de l'Orient, ni cette lumière de l'Afrique ; c'est plus voilé et plus doux ; c'est *autre chose*. Et la nostalgie me prend quelquefois, de ce grand soleil et de ce Baal implacable qui rayonne là-bas...

Aujourd'hui, en songeant à cette Afrique, j'ai retrouvé par hasard l'image de Suleïma. – Pauvre petite sauterelle du Désert, vite je l'ai chassée de ma mémoire avec une sorte de pudeur, n'admettant pas que son souvenir à elle vînt me trouver jusqu'ici.

À ce moment même, dans ses vêtements noirs de veuve, je voyais passer ma mère très chérie qui m'envoyait son bon sourire. Elle traversait la cour, à l'ombre du grand bégonia à fleurs rouges,

— et, de loin, elle me semblait un peu courbée, avec une démarche plus vieillie. Les séparations peut-être, les chagrins !... Alors, je sentis un serrement de cœur inexprimable, en songeant qu'en effet elle était déjà très âgée, et je comptai à vues humaines combien d'années elle me resterait encore, elle qui résume à présent toutes mes affections terrestres.

Et puis je me fis à moi-même un grand serment de ne plus la quitter, de demeurer toujours là près d'elle, dans la paix bienfaisante du foyer...

Les ombres s'allongeaient, les coins de soleil devenaient plus dorés et certaines fleurs se fermaient. Le soir de ma troisième journée de retour approchait, tranquille et tiède, tandis que les hirondelles noires faisaient en l'air, avec des cris aigus et des courbes folles, leur dernière grande chasse du soir avant l'heure grise des chauves-souris. Je regardais toutes ces choses familières à mon enfance avec une mélancolie douce, comme ayant fini mes longues promenades par le monde, et ne devant plus jamais les perdre de vue.

... L'amour qu'on a pour sa mère, c'est le seul qui soit vraiment pur, vraiment immuable, le seul que n'entache ni égoïsme, ni rien, – qui n'amène ni déceptions ni amertume, le seul qui fasse un peu croire à l'âme et espérer l'éternité...

....

XVI

... Encore un an après. (Deux ans, depuis le baiser d'adieu de Suleïma.)

Nous courions ventre à terre, Si-Mohammed et moi, sur la route de Sidi-Ferruch à Alger. C'était en mai. Le ciel bas, sombre, menaçait d'un déluge, et nous avions lancé nos chevaux, qui s'étaient emballés.

Nous approchions d'Alger, et tout le long du chemin il y avait la foule habituelle du dimanche, qui rentrait aussi, par peur de la pluie : des matelots et des zouaves, fraternisant dans tous les cabarets, des boutiquiers de la rue Bâb-Azoun, endimanchés et en goguette. Nous balayions cette route, et on se rangeait.

La terre et la verdure, mouillées par les pluies de la veille, étaient fraîches et avaient bonne odeur.

Il fallut ralentir, à cause de ce monde. Nos bêtes faisaient mille sottises. Le cheval de Si-Mohammed, qui était un étalon noir, sautait, s'enlevait des quatre membres à la fois, gesticulant ensuite en l'air avec ses jambes de devant ; ou bien jetait la tête de droite et de gauche, pour essayer de mordre la botte de mon ami, laquelle était en cuir du Maroc brodé d'or.

– Qu'il est méchant ! disait Mohammed, tranquille, avec son accent arabe. Regarde comme il est méchant !

Le mien, qui était de la couleur d'une souris avec une queue flottante, s'en allait tout de côté en sautillant, et *encensait* de la tête avec beaucoup de grâce. Il n'y mettait pas de malice, lui ; c'était de la jeunesse et de l'enfantillage. Et je le laissais faire à sa guise, tout occupé d'admirer le calme de Mohammed sur sa grande gazelle enragée.

On entendait le bruit des sabots ferrés frappant le sol par saccades, – et le bruit des harnais de cuir subitement raidis par des mouvements de cou, – et le cliquetis des croissants d'argent que le cheval de Mohammed portait pendus à son poitrail, – et puis, à la cantonade, les imprécations de ces gens qui se garaient.

Près de la porte Bâd-el-Oued, l'étalon noir fit par surprise un grand saut (dit « saut de mouton ») suivi d'une ruade, et Mohammed, lancé par-dessus la tête de son cheval, tomba en avant sur les mains.

– Ce n'est rien, dit-il ; – mais j'ai sali mes gants ! – Il était horriblement vexé devant tout ce monde.

Il remonta, agile comme un Numide. Aussitôt on vit jaillir des filets de sang sous ses éperons, et son cheval eut un tremblement des reins, avec un hennissement de douleur.

– Il ne pleuvra pas, dit-il. Nous avons encore le temps de traverser la ville et d'aller au Jardin d'Essai entendre la musique de quatre heures.

Et nous traversâmes Alger.

Il y eut des incidents nouveaux : mon cheval voulut à toute force entrer à reculons dans un poste de zouaves, – et faillit y réussir malgré les éperons qui faisaient perler des gouttes rouges sur sa robe couleur de souris.

C'est drôle, ces idées obstinées qu'ont les bêtes. Nous, quand nous nous entêtons à faire des choses absurdes, en général, nous ne savons pas pourquoi. Les bêtes, le savent-elles ?...

À moitié route de ce jardin, la pluie nous prit. Des gouttes lourdes, tombant lentement d'abord ; et puis pressées, rapides, une de ces pluies torrentielles d'Afrique. – Et vite, il fallut tourner bride.

XVII

Nous fuyions sous l'ondée, au galop, saisis par ce déluge, Si-Mohammed tout courbé sur sa grande selle à fauteuil, baissant la tête, ayant ses beaux burnous et sa gandourah de soie blanche trempés de pluie et de boue.

En dedans de la porte Bâb-Azoun, nous sautâmes à bas de nos chevaux pour nous réfugier sous le péristyle d'un monument public, jetant les brides à des portefaix qui étaient là tapis contre un mur.

– Prenez garde, ils se battent ! cria Mohammed en s'éloignant.

Les hommes comprirent et gardèrent les chevaux séparément, le plus loin possible l'un de l'autre. (C'est une habitude connue des chevaux arabes de se battre dès qu'on les rapproche.)

XVIII

Cette grande bâtisse neuve où la pluie nous avait fait entrer par hasard, était le tribunal de guerre. – On jugeait une empoisonneuse, amenée des cercles du Sud, de la zone militaire.

En haut, une galerie supérieure, disposée en tribune, dominait la salle. Nous y montâmes et nous vîmes l'accusée sur son banc. Elle était voilée entièrement, – affaissée, effondrée, – une masse informe de burnous et de draperies blanches.

Les juges étaient de vieux officiers de l'armée d'Afrique, aux figures jaunies, éteintes par les fatigues et la vie de garnison.

On lut l'acte d'accusation, qui était à faire frémir. Elle avait empoisonné, l'un après l'autre, ses trois maris, et, en dernier lieu, la chienne d'un grand Agha.

Et nous regardions, Mohammed et moi, cette forme blanche, chargée de crimes, imaginant là-dessous le visage épouvantable d'une femme vieille et sinistre.

L'interprète commanda à l'accusée de se lever et d'ôter son voile.

Alors elle s'avança vers la table des juges, rejeta tous ses burnous avec un geste étonnamment jeune, et apparut à la manière de Phryné, dans son beau costume d'Arabe du Sud, la taille cambrée et la tête haute...

Moi, je l'avais devinée avant qu'elle eût dévoilé son visage. Dès qu'elle avait marché, dès qu'elle s'était levée, je l'avais pressentie et reconnue à un je-ne-sais-quoi de déjà aimé et d'inoubliable...

Et pourtant elle était très changée, Suleïma ; elle était transfigurée et bien belle. La *petite sauterelle du Désert* s'était développée tout à coup au grand air de là-bas ; sous ses vêtements libres, elle avait pris la splendeur de lignes des statues grecques, elle s'était épanouie en femme faite et admirable.

Ses beaux bras étaient nus, elle était couverte de bracelets et de colliers et portait la volumineuse coiffure à paillettes de métal des femmes de l'intérieur, qui jetait sur sa beauté un mystère d'idole.

Elle promenait autour d'elle la flamme insolente de ses grands yeux noirs de vingt ans, regardant avec aplomb ces hommes, ayant conscience d'être désirée par eux tous.

Un officier de zouaves, l'un des juges, pendant qu'elle tournait la tête, lui envoya par derrière un baiser ; les autres étaient là, souriant cyniquement à cette accusée, les plus vieux échangeant tout bas des grivoiseries de caserne...

Et, moi, je cherchais son regard. Enfin il monta jusqu'à moi et s'y arrêta : sans doute un souvenir, d'abord vague, lui traversait l'esprit, et puis elle se rappelait mieux, elle me reconnaissait... Mais que lui importait après tout que ce fût moi ou un autre ; je ne pouvais plus rien pour elle, et ce sentiment qu'elle avait eu un matin, en me donnant son baiser de petite fille, n'avait peut-être pas duré deux heures...

Quant à moi, une pensée folle d'amour m'emportait vers elle, à présent qu'il y avait entre nous cette barrière de crimes ; à présent qu'elle était une chose perdue appartenant à la justice, et aussi inviolable qu'une fille sacrée.

Même ses crimes lui donnaient tout à coup sur mes sens un charme ténébreux, et ce souvenir de l'avoir possédée devenait une chose absolument troublante. J'aurais voulu dire cela à ces hommes qui la convoitaient, leur faire savoir à tous que j'avais eu une fois son seul vrai baiser, son seul mouvement un peu pur de tendresse et d'amour...

À présent c'était fini en elle de tout sentiment humain ; le vice l'avait prise tout entière, et, sous l'enveloppe encore admirable, rien ne restait plus.

Pourtant quand ses yeux se levaient vers moi, il me semblait qu'ils changeaient, qu'ils avaient encore quelque chose d'attendri, de suppliant, de presque bon ; – mais cela passait vite, et, quand ils regardaient le tribunal et la foule, ils exprimaient le défi farouche et dur.

Aucun remords, aucune pudeur.
Elle parlait, et l'interprète traduisait :
« Ses maris d'abord l'avaient ruinée ; elle n'avait seulement plus de quoi s'acheter à manger avec son pain dans sa prison. Le dernier lui avait pris tout son argent et même son collier à trois rangs de louis d'or. Ce collier qu'elle avait à présent était en cuivre ; – et, comme preuve, elle en arrachait des paillettes, qu'elle lançait aux juges avec dédain.

» Quant à la chienne de l'Agha, ce n'était pas vrai. Toute la tribu pourrait le dire : elle était morte d'une certaine gale de chiens !... »
....

L'averse était passée ; il était cinq heures.
Il nous fallut à toute force nous arracher de là, remonter à cheval et aller nous mettre en tenue. Il y avait le soir un dîner au palais de Mustapha, chez le gouverneur d'Alger, en l'honneur d'un grand-duc de Russie, et nos deux uniformes étaient officiellement conviés à faire nombre à cette table. (Si-Mohammed était capitaine au 1er spahis.)

Nous partîmes, fort troublés de l'avoir vue ; irrités de penser qu'elle était à la merci de ces officiers, et que ces juges-là allaient peut-être faire tomber une tête si belle.

Au dîner, nous fûmes tous deux très distraits – moi très triste. Ma pensée s'en allait souvent, de la salle illuminée où j'étais, à la prison noire où dormait Suleïma, et toutes sortes de projets insensés germèrent jusqu'au lendemain dans ma tête…

XIX

Le lendemain, dès le matin, je m'acheminai vers ce quartier d'Alger où est la prison.

C'était encore le calme délicieux des premières heures du jour ; très bas dans le ciel, le Baal resplendissait comme un grand feu d'argent.

La notion plus exacte des situations et des choses m'était revenue avec le jour, comme il arrive d'ordinaire. J'espérais seulement qu'en allant là de très bonne heure, avant le lever des gens de justice, j'obtiendrais peut-être, par un procédé vieux comme le monde, la permission de la voir.

Je sonnai à cette porte de prison, et, en affectant un ton très dégagé et très bref, je m'adressai au gardien.

C'était impossible, naturellement, je l'avais prévu ; il aurait fallu des démarches longues, que personne n'aurait comprises, et pour lesquelles d'ailleurs le temps manquait (nous partions à midi pour Tunis).

J'avais envie d'offrir de l'argent à cet homme ; j'étais venu pour cela, et c'était le moment de risquer ce coup décisif. Mais maintenant j'hésitais : il avait par hasard l'air honnête... Je n'osais plus.

D'ailleurs, elle n'avait pas été condamnée à mort ; on avait déclaré les preuves insuffisantes, me dit-il ; cinq années de prison, c'était tout ce qu'on avait osé lui donner. – Les juges aussi, évidemment, l'avaient trouvée belle.

Et l'histoire finit de la manière la plus banale du monde. Je donnai à ce gardien un louis, en lui disant, sur un ton redevenu naturel et poli : « Portez-le à cette Suleïma, et dites-lui, je vous prie, que c'est de la part du Roumi qui lui donnait des morceaux de sucre à la porte d'un café d'Oran, quand elle était petite fille. »

Tant pis ! Je voulais que mon souvenir au moins allât encore une fois jusqu'à elle, et je n'avais rien trouvé de mieux que cet expédient pitoyable.

Si-Mohammed m'attendait au coin de la place du Gouvernement ; nous avions pris rendez-vous sous les arcades d'un grand café français qui est là. — Assis à l'ombre, je lui contai ce dénouement, et il sourit d'un air légèrement ironique, en regardant les lointains bleus de la Méditerranée.

Dix heures approchaient. La journée s'annonçait terriblement chaude, et des tourbillons de poussière commençaient à courir par les rues.

En haut, le Baal brillait d'un éclat terne et lourd, le ciel s'obscurcissait, prenait cette teinte bleu de plomb qui est particulière aux journées accablantes où le sirocco souffle du désert.

Onze heures maintenant. — Finies les douces flâneries d'Alger sous les arcades blanches. — Il était temps de partir, — peut-être pour ne revenir jamais…

Si-Mohammed vint me conduire à mon canot. Nous descendîmes ensemble, par les grands escaliers de la Marine, sur le quai qui était désert et inondé de soleil.

Et, à midi, quand je vis Alger s'éloigner, tout blanc dans la grande chaleur, sous le ciel obscurci de sable, je me mis à songer à ce Grand-Désert, un peu oublié depuis cinq années, par suite de voyages ailleurs. Je sentais son voisinage, à cette grande fournaise du Sahara, qui par derrière cette ville et le Sahel nous envoyait sa soif et son sable. — Et voilà maintenant qu'au lieu d'un regret pour Suleïma et pour l'Algérie, c'était un regret poignant pour ce désert qui me prenait tout à coup ; un regret pour ce Bled-el-Ateuch, le plus grand et le plus mystérieux de tous les sanctuaires de Baal ; un regret pour le Soudan noir, – pour ce temps déjà lointain où j'ai vécu là-bas, et souffert... Et je comprenais une fois de plus quelle chose folle et dévorante cela est, de s'éparpiller par le monde, de s'acclimater partout, de s'attacher à tout, de vivre cinq ou six existences humaines, au lieu d'une seule bonne, comme font les simples qui restent et meurent dans le coin de monde toujours chéri où leurs yeux se sont ouverts.

XX

Suleïma la tortue est une personne de mœurs régulières qui vivra pour le moins cent ans. – Cela dure indéfiniment, les tortues, comme les reptiles. Elle trottera encore au soleil, sur les pavés blancs, parmi les pots de cactus à fleurs rouges, quand depuis longtemps, la vraie Suleïma et moi, nous serons morts ; – elle dans quelque bouge de prostituées, après avoir vendu et revendu sa forme admirable, – et moi, qui sait où ?... Il n'y aura plus sous le soleil trace de nous-mêmes, ni de nos corps, ni de nos deux âmes si différentes, un instant rapprochées par ce charme inconscient des sens, par ce mystère étrange qui est l'amour...

Et, quand mes arrière-petits-neveux regarderont Suleïma la tortue trotter parmi les fleurs de ces étés d'alors, on leur contera que cette bête a été prise jadis en Algérie par un grand-oncle, un aïeul inconnu.

Assurément ils ne se représenteront pas cette capture faite en hiver, dans la montagne d'Oran, par un jour sombre de vent et de pluie, au milieu des fleurettes délicates de mars.

Et le grand-oncle aussi leur apparaîtra sous des teintes étranges de légende !...

XXI

Ils la trouveront à peu près écrite ici, ces enfants à venir, l'histoire très simple de ce grand-oncle et de cette tortue...

F<small>IN</small>

Les trois dames de la Kasbah 7

Suleïma 63

COLLECTION FOLIO 2€

Dernières parutions

4551. Joris-Karl Huysmans	*Sac au dos* suivi d'*À vau l'eau*
4552. Marc Aurèle	*Pensées. livres VII-XII*
4553. Valery Larbaud	*Mon plus secret conseil…*
4554. Henry Miller	*Lire aux cabinets* précédé d'*Ils étaient vivants et ils m'ont parlé*
4555. Alfred de Musset	*Emmeline* suivi de *Croisilles*
4556. Irène Némirovsky	*Ida* suivi de *La comédie bourgeoise*
4557. Rainer Maria Rilke	*Au fil de la vie. Nouvelles et esquisses*
4558. Edgar Allan Poe	*Petite discussion avec une momie et autres histoires extraordinaires*
4596. Michel Embareck	*Le temps des citrons*
4597. David Shahar	*La moustache du pape et autres nouvelles*
4598. Mark Twain	*Un majestueux fossile littéraire et autres nouvelles*
4618. Stéphane Audeguy	*Petit éloge de la douceur*
4619. Éric Fottorino	*Petit éloge de la bicyclette*
4620. Valentine Goby	*Petit éloge des grandes villes*
4621. Gaëlle Obiégly	*Petit éloge de la jalousie*
4622. Pierre Pelot	*Petit éloge de l'enfance*
4639. Benjamin Constant	*Le cahier rouge*
4640. Carlos Fuentes	*La Desdichada*
4641. Richard Wright	*L'homme qui a vu l'inondation* suivi de *Là-bas, près de la rivière*
4665. Cicéron	*«Le bonheur dépend de l'âme seule». Livre V des «Tusculanes»*
4666. Collectif	*Le pavillon des parfums-réunis et autres nouvelles chinoises des Ming*
4667. Thomas Day	*L'automate de Nuremberg*

4668. Lafcadio Hearn	*Ma première journée en Orient* suivi de *Kizuki, le sanctuaire le plus ancien du Japon*
4669. Simone de Beauvoir	*La femme indépendante*
4670. Rudyard Kipling	*Une vie gaspillée* et autres nouvelles
4671. D. H. Lawrence	*L'épine dans la chair* et autres nouvelles
4672. Luigi Pirandello	*Eau amère* et autres nouvelles
4673. Jules Verne	*Les révoltés de la Bounty* suivi de *Maître Zacharius*
4674. Anne Wiazemsky	*L'île*
4708. Isabelle de Charrière	*Sir Walter Finch et son fils William*
4709. Madame d'Aulnoy	*La princesse Belle Étoile et le prince Chéri*
4710. Isabelle Eberhardt	*Amours nomades. Nouvelles choisies*
4711. Flora Tristan	*Promenades dans Londres. Extraits*
4737. Joseph Conrad	*Le retour*
4738. Roald Dahl	*Le chien de Claude*
4739. Fiodor Dostoïevski	*La femme d'un autre et le mari sous le lit. Une aventure peu ordinaire*
4740. Ernest Hemingway	*La capitale du monde* suivi de *L'heure triomphale de Francis Macomber*
4741. H. P. Lovecraft	*Celui qui chuchotait dans les ténèbres*
4742. Gérard de Nerval	*Pandora* et autres nouvelles
4743. Juan Carlos Onetti	*À une tombe anonyme*
4744. Robert Louis Stevenson	*La chaussée des Merry Men*
4745. Henry David Thoreau	*«Je vivais seul dans les bois»*
4746. Michel Tournier	*L'aire du muguet* précédé de *La jeune fille et la mort*
4781. Collectif	*Sur le zinc. Au café des écrivains*
4782. Francis Scott Fitzgerald	*L'étrange histoire de Benjamin Button* suivi de *La lie du bonheur*
4783. Lao She	*Le nouvel inspecteur* suivi de *le croissant de lune*
4784. Guy de Maupassant	*Apparition* et autres contes de l'étrange
4785. D. A. F. de Sade	*Eugénie de Franval. Nouvelle tragique*

4786. Patrick Amine	*Petit éloge de la colère*
4787. Élisabeth Barillé	*Petit éloge du sensible*
4788. Didier Daeninckx	*Petit éloge des faits divers*
4789. Nathalie Kuperman	*Petit éloge de la haine*
4790. Marcel Proust	*La fin de la jalousie* et autres nouvelles
4839. Julian Barnes	*À jamais* et autres nouvelles
4840. John Cheever	*Une américaine instruite* précédé d'*Adieu, mon frère*
4841. Collectif	*«Que je vous aime, que je t'aime!» Les plus belles déclarations d,amour*
4842. André Gide	*Souvenirs de la cour d'assises*
4843. Jean Giono	*Notes sur l'affaire Dominici* suivi d'*Essai sur le caractère des personnages*
4844. Jean de La Fontaine	*Comment l'esprit vient aux filles et autres contes libertins*
4845. Yukio Mishima	*Papillon* suivi de *La lionne*
4846. John Steinbeck	*Le meurtre* et autres nouvelles
4847. Anton Tchekhov	*Un royaume de femmes* suivi de *De l'amour*
4848. Voltaire	*L'Affaire du chevalier de La Barre* précédé de *L,Affaire Lally*
4875. Marie d'Agoult	*Premières années (1806-1827)*
4876. Madame de Lafayette	*Histoire de la princesse de Montpensier et autres nouvelles*
4877. Madame Riccoboni	*Histoire de M. le marquis de Cressy*
4878. Madame de Sévigné	*«Je vous écris tous les jours...» Premières lettres à sa fille*
4879. Madame de Staël	*Trois nouvelles*
4911. Karen Blixen	*Saison à Copenhague*
4912. Julio Cortázar	*La porte condamnée* et autres nouvelles fantastiques
4913. Mircea Eliade	*Incognito à Buchenwald...* précédé d'*Adieu!...*
4914. Romain Gary	*Les Trésors de la mer Rouge*

4915. Aldous Huxley	*Le jeune Archimède* précédé de *Les Claxton*
4916. Régis Jauffret	*Ce que c'est que l'amour* et autres microfictions
4917. Joseph Kessel	*Une balle perdue*
4918. Lie-tseu	*Sur le destin* et autres textes
4919. Junichirô Tanizaki	*Le pont flottant des songes*
4920. Oscar Wilde	*Le portrait de Mr. W. H.*
4953. Eva Almassy	*Petit éloge des petites filles*
4954. Franz Bartelt	*Petit éloge de la vie de tous les jours*
4955. Roger Caillois	*Noé* et autres textes
4956. Jacques Casanova	*Madame F.* suivi d'*Henriette*
4957. Henry James	*De Grey, histoire romantique*
4958. Patrick Kéchichian	*Petit éloge du catholicisme*
4959. Michel Lermontov	*La princesse Ligovskoï*
4960. Pierre Péju	*L'idiot de Shanghai* et autres nouvelles
4961. Brina Svit	*Petit éloge de la rupture*
4962. John Updike	*Publicité* et autres nouvelles
5010. Anonyme	*Le petit-fils d'Hercule. Un roman libertin*
5011. Marcel Aymé	*La bonne peinture*
5012. Mikhaïl Boulgakov	*J'ai tué* et autres récits
5013. Sir Arthur Conan Doyle	*L'interprète grec* et autres aventures de Sherlock Holmes
5014. Frank Conroy	*Le cas mystérieux de R.* et autres nouvelles
5015. Sir Arthur Conan Doyle	*Une affaire d'identité* et autres aventures de Sherlock Holmes
5016. Cesare Pavese	*Histoire secrète* et autres nouvelles
5017. Graham Swift	*Le sérail* et autres nouvelles
5018. Rabindranath Tagore	*Aux bords du Gange* et autres nouvelles
5019. Émile Zola	*Pour une nuit d'amour* suivi de *L'inondation*
5060. Anonyme	*L'œil du serpent. Contes folkloriques japonais*
5061. Federico García Lorca	*Romancero gitan* suivi de *Chant funèbre pour Ignacio Sanchez Mejias*

5062. Ray Bradbury	*Le meilleur des mondes possibles* et autres nouvelles
5063. Honoré de Balzac	*La Fausse Maîtresse*
5064. Madame Roland	*Enfance*
5065. Jean-Jacques Rousseau	«*En méditant sur les dispositions de mon âme...*» et autres rêveries, suivi de *Mon portrait*
5066. Comtesse de Ségur	*Ourson*
5067. Marguerite de Valois	*Mémoires. Extraits*
5068. Madame de Villeneuve	*La Belle et la Bête*
5069. Louise de Vilmorin	*Sainte-Unefois*
5120. Hans Christian Andersen	*La Vierge des glaces*
5121. Paul Bowles	*L'éducation de Malika*
5122. Collectif	*Au pied du sapin. Contes de Noël*
5123. Vincent Delecroix	*Petit éloge de l'ironie*
5124. Philip K. Dick	*Petit déjeuner au crépuscule* et autres nouvelles
5125. Jean-Baptiste Gendarme	*Petit éloge des voisins*
5126. Bertrand Leclair	*Petit éloge de la paternité*
5127. Alfred de Musset - George sand	«*Ô mon George, ma belle maîtresse...*» *Lettres*
5128. Grégoire Polet	*Petit éloge de la gourmandise*
5129. Paul Verlaine	*L'Obsesseur* précédé d'*Histoires comme ça*
5163. Akutagawa Ryûnosuke	*La vie d'un idiot* précédé d'*Engrenage*
5164. Anonyme	*Saga d'Eiríkr le Rouge* suivi de *Saga des Groenlandais*
5165. Antoine Bello	*Go Ganymède!*
5166. Adelbert von Chamisso	*L'étrange histoire de Peter Schlemihl*
5167. Collectif	*L'art du baiser. Les plus beaux baisers de la littérature*
5168. Guy Goffette	*Les derniers planteurs de fumée*
5169. H. P. Lovecraft	*L'horreur de Dunwich*
5170. Léon Tolstoï	*Le diable*

5184. Alexandre Dumas	*La main droite du sire de Giac* et autres nouvelles
5185. Edith Wharton	*Le miroir* suivi de *Miss Mary Pask*
5231. Théophile Gautier	*La cafetière* et autres contes fantastiques
5232. Claire Messud	*Les Chasseurs*
5233. Dave Eggers	*Du haut de la montagne, une longue descente*
5234. Gustave Flaubert	*Un parfum à sentir ou Les Baladins* suivi de *Passion et vertu*
5235. Carlos Fuentes	*En bonne compagnie* suivi de *La chatte de ma mère*
5236. Ernest Hemingway	*Une drôle de traversée*
5237. Alona Kimhi	*Journal de berlin*
5238. Lucrèce	*« L'esprit et l'âme se tiennent étroitement unis ». Livre III de « De la nature »*
5239. Kenzaburô Ôé	*Seventeen*
5240. P. G. Wodehouse	*Une partie mixte à trois* et autres nouvelles du green
5290. Jean-Jacques Bernard	*Petit éloge du cinéma d'aujourd'hui*
5291. Jean-Michel Delacomptée	*Petit éloge des amoureux du Silence*
5292. Mathieu Térence	*Petit éloge de la joie*
5293. Vincent Wackenheim	*Petit éloge de la première fois*
5294. Richard Bausch	*Téléphone rose* et autres nouvelles
5295. Collectif	*Ne nous fâchons pas ! ou L'art de se disputer au théâtre*
5296. Robin Robertson	*Fiasco ! Des écrivains en scène*
5297. Miguel de Unamuno	*Des yeux pour voir* et autres contes
5298. Jules Verne	*Une fantaisie du Docteur Ox*
5299. Robert Charles Wilson	*YFL-500* suivi du *Mariage de la dryade*
5347. Honoré de Balzac	*Philosophie de la vie conjugale*
5348. Thomas De Quincey	*Le bras de la vengeance*
5349. Charles Dickens	*L'embranchement de Mugby*
5350. Épictète	*De l'attitude à prendre envers les tyrans*

5351.	Marcus Malte	*Mon frère est parti ce matin...*
5352.	Vladimir Nabokov	*Natacha* et autres nouvelles
5353.	Arthur Conan Doyle	*Un scandale en Bohême* suivi de *Silver Blaze*. Deux aventures de Sherlock Holmes
5354.	Jean Rouaud	*Préhistoires*
5355.	Mario Soldati	*Le père des orphelins*
5356.	Oscar Wilde	*Maximes* et autres textes
5415.	Franz Bartelt	*Une sainte fille* et autres nouvelles
5416.	Mikhaïl Boulgakov	*Morphine*
5417.	Guillermo Cabrera Infante	*Coupable d'avoir dansé le cha-cha-cha*
5418.	Collectif	*Jouons avec les mots. Jeux littéraires*
5419.	Guy de Maupassant	*Contes au fil de l'eau*
5420.	Thomas Hardy	*Les intrus de la Maison Haute* précédé d'un autre conte du Wessex
5421.	Mohamed Kacimi	*La confession d'Abraham*
5422.	Orhan Pamuk	*Mon père* et autres textes
5423.	Jonathan Swift	*Modeste proposition* et autres textes
5424.	Sylvain Tesson	*L'éternel retour*
5462.	Lewis Carroll	*Misch-Masch* et autres textes de jeunesse
5463.	Collectif	*Un voyage érotique. Invitations à l'amour dans la littérature du monde entier*
5464.	François de La Rochefoucauld	*Maximes* suivi de *Portrait de La Rochefoucauld par lui-même*
5465.	William Faulkner	*Coucher de soleil* et autres Croquis de La Nouvelle-Orléans
5466.	Jack Kerouac	*Sur les origines d'une génération* suivi de *Le dernier mot*
5467.	Liu Xinwu	*La Cendrillon du canal* suivi de *Poisson à face humaine*
5468.	Patrick Pécherot	*Petit éloge des coins de rue*
5469.	George Sand	*La château de Pictordu*
5470.	Montaigne	*De l'oisiveté* et autres Essais en français moderne
5471.	Martin Winckler	*Petit éloge des séries télé*

5523. E.M. Cioran	*Pensées étranglées* précédé du *Mauvais démiurge*
5524. Dôgen	*Corps et esprit. La Voie du zen*
5525. Maître Eckhart	*L'amour est fort comme la mort* et autres textes
5526. Jacques Ellul	*« Je suis sincère avec moi-même »* et autres lieux communs
5527. Liu An	*Du monde des hommes. De l'art de vivre parmi ses semblables*
5528. Sénèque	*De la providence* suivi de *Lettres à Lucilius (lettres 71 à 74)*
5529. Saâdi	*Le Jardin des Fruits. Histoires édifiantes et spirituelles*
5530. Tchouang-tseu	*Joie suprême* et autres textes
5531. Jacques De Voragine	*La Légende dorée. Vie et mort de saintes illustres*
5532. Grimm	*Hänsel et Gretel* et autres contes
5589. Saint Augustin	*L'Aventure de l'esprit et autres Confessions*
5590. Anonyme	*Le brahmane et le pot de farine. Contes édifiants du Pañcatantra*
5591. Simone Weil	*Pensées sans ordre concernant l'amour de Dieu* et autres textes
5592. Xun zi	*Traité sur le Ciel* et autres textes
5606. Collectif	*Un oui pour la vie ? Le mariage en littérature*
5607. Éric Fottorino	*Petit éloge du Tour de France*
5608. E. T. A. Hoffmann	*Ignace Denner*
5609. Frédéric Martinez	*Petit éloge des vacances*
5610. Sylvia Plath	*Dimanche chez les Minton* et autres nouvelles
5611. Lucien	*« Sur des aventures que je n'ai pas eues ». Histoire véritable*
5631. Boccace	*Le Décaméron. Première journée*
5632. Isaac Babel	*Une soirée chez l'impératrice* et autres récits
5633. Saul Bellow	*Un futur père* et autres nouvelles

5634. Belinda Cannone	*Petit éloge du désir*
5635. Collectif	*Faites vos jeux ! Les jeux en littérature*
5636. Collectif	*Jouons encore avec les mots. Nouveaux jeux littéraires*
5637. Denis Diderot	*Sur les femmes* et autres textes
5638. Elsa Marpeau	*Petit éloge des brunes*
5639. Edgar Allan Poe	*Le sphinx* et autres contes
5640. Virginia Woolf	*Le quatuor à cordes* et autres nouvelles
5714. Guillaume Apollinaire	*« Mon cher petit Lou ». Lettres à Lou*
5715. Jorge Luis Borges	*Le Sud* et autres fictions
5716. Thérèse d'Avila	*Le Château intérieur. Les trois premières demeures de l'âme*
5717. Chamfort	*Maximes* suivi de *Pensées morales*
5718. Ariane Charton	*Petit éloge de l'héroïsme*
5719. Collectif	*Le goût du zen. Recueil de propos et d'anecdotes*
5720. Collectif	*À vos marques ! Nouvelles sportives*
5721. Olympe De Gouges	*« Femme, réveille-toi ! » Déclaration des droits de la femme et de la citoyenne* et autres écrits
5722. Tristan Garcia	*Le saut de Malmö* et autres nouvelles
5723. Silvina Ocampo	*La musique de la pluie* et autres nouvelles
5758. Anonyme	*Fioretti*
5759. Gandhi	*En guise d'autobiographie*
5760. Leonardo Sciascia	*La tante d'Amérique*
5761. Prosper Mérimée	*La perle de Tolède* et autres nouvelles
5762. Amos Oz	*Chanter* et autres nouvelles
5794. James Joyce	*Un petit nuage* et autres nouvelles
5795. Blaise Cendrars	*L'Amiral*
5796. Collectif	*Pieds nus sur la terre sacrée. Textes rassemblés par T. C. McLuhan*
5797. Ueda Akinari	*La maison dans les roseaux* et autres contes
5798. Alexandre Pouchkine	*Le coup de pistolet* et autres récits de feu Ivan Pétrovitch Bielkine

Composition Nord Compo
Impression Novoprint
à Barcelone, le 1er octobre 2015
Dépôt légal : octobre 2015
1er dépôt légal dans la collection : septembre 2006

ISBN 978-2-07-033991-4./Imprimé en Espagne.

293219